LE
THEATRE
DE BESIERS.

OV RECVEIL DES PLVS
belles Paſtorales & autres Pieces
hiſtoriées, qui ont eſté repreſentées
au iour de l'Aſſenſion en
ladite Ville.

Compoſées par diuers Autheurs
en langue vulgaire.

A BEZIERS.
Par IEAN MARTEL, Imprimeur du
Roy & de la Ville. 1657.

HISTOIRE
DE
PEPESVC,
FAITE SVR LES
mouuemens de paix
& de guerre.

Representée à Beziers le 16. *May* 1616.

Composée par M. Bonnet Aduocat.

ARGVMENT.

 PEPESVC, C'eſt vne
groſſe Statuë de Pierre,
qui eſt au bout de la ruë
Françoiſe : Le commun
tient par tradition que c'eſt la fi-

gure d'vn vaillant Capitaine, lequel du temps que les Anglois rauageoient la France, ayant pris Beziers, ce grand Capitaine seul les empescha d'entrer dans cette ruë, qui est la plus belle de la Ville : & à cett'occasion elle est ainsi appellée de ce nom Françoise, comme ayant esté conseruée franche; Car auparauant elle s'appelloit la Carrieyre dreche, l'on appelle cette Statuë Pepesuc. La Ville a coustume tous les ans au iour de l'Assention de N. Seigneur, de le faire peindre & enjohuer, lequel sert tousiours de sujet de quelque passetemps en icelle, comme vous verrez par l'Histoire suiuante.

❀❀❀❀❀) ❀❀❀❀❀❀❀:❀❀❀❀❀:❀❀❀❀❀

Cette Piece eſt de feu Mr. Bonnet Aduocat.

ENTREPARLEVRS.

MEGERE.
SOLDAT FRANCOIS.
SOLDAT GASCON.
PEPESVC.
LA PAIX.

PROLOGVE.

OVTES choſes icy bas vien-
nent du Dieu ſupreme,
L'homme depend de Dieu, Dieu
depend de ſoy-meſme;
Il fait mouuoir les Cieux, battre
les Elemens,
Et regle quand il veut leurs diuers mouuemens;
Celuy s'efforce en vain contre la deſtinée,
Qui veut troubler le cours d'vne choſe ordönée,
Et qui veut deſtourner l'influance des Cieux,
Et priuer les humains de la grace des Dieux.
Meſſieurs, vous en verrez les effets veritables,
Si vous rendez vos cœurs à nos vœux fauorables:
Vous verrez l'air chargé de mille tourbillons,

A

Et la terre agitée au gré des aquillons,
De mouuemens diuers, de furieux gendarmes,
Si bien que l'epesuc endossera ses armes :
Car comme il fait sortie, en tous remuèmens
Il prend l'occasion que luy donne le temps :
Vous verrez que la paix paroistra sur la terre,
Pour esteindre le feu qu'allumera la guerre :
L'estaindra par deux fois, & par deux autres fois
Il sera r'allumé contre les propres lois :
Enfin ce beau Soleil dissipant la nuée,
Daraera les rayons d'vne paix asserée,
Et contre nostre gré, comme le Medecin
Pour purger quelque corps & sortir le venin,
Luy fait par le gosier passer la medecine,
Ainsi re eura l'on cette Astrée diuine.

MEGERE ANNONCE LA GVERRE.

Des centres tenebreux ie viens en cette terre,
Pour allumer icy le flambeau de la guerre :
Ie porte dans le sein la rage & les fureurs,
C'est à moy de combler toute sorte d'horreurs :
Mes tizons allumés de discorde & de rage,
Embrasent aux mortels le sang & le courage?
Sus donc enfans de Mars, sus peuple belliqueux,
Ne repaissez de rien vostre cœur genereux,
Qui ne sente le fer, la rage, la collere,
Et les sanglans effets des mains d'vne Megere?
Que le fer flamboyant dans vôtre poing nerueux
Fasse aux plus aguerris crisser les cheueux,
Et que des corps meurtris vne pille dressée

Faſſe eternellement la campagne bouſſée,
Qu'il ne ſe trouue place exempte des tombeaux,
Que le ſang de vos corps faſſe rougir les eaux,
Et que voſtre fureur épande ſur la terre
Les charbons allumez d'vne eternelle guerre,
Qu'on n'y voye rien plus que le fer meurtriſſant,
Et qu'il ſoit manié par voſtre bras puiſſant,
Qu'on ne s'épargne point, & que la tuerie
Témoigne les effets d'vne étrange furie:
Commancés, commancés, & faites que le ſang
Deſcende à gros boüillons de l'vn ã l'autre flanc:
Ie verray des Enfers ce funeſte carnage,
Et ne me plaindray point d'auoir fait ce voyage.

SOLDAT FRANCOIS.

Deuons-nous eſperer que le temps nous rameine
L'exercice de Mars plain d'vne douce peine?
Sera-ce pas en vain que i'attendray le iour
Qu'on doit chaſſer d'icy & la paix & l'amour?
Verray-ie encor vn coup que l'ordre militaire
Engendre le deſordre ainſi que i'ay veu faire?
Verray-ie de ce bruit, & de cette rumeur
Sortir le doux nectar de ma boüillante humeur?
Verrons-nou, en nos mains nos lames degainées,
Toutes teintes de ſang, au lieu des araignées
Et noſtre corps couuert de quelque riche arnois,
Au lieu d'vn long habit que portent les Bourgeois:
C'eſt aſſés, c'eſt aſſés croupy dans la pareſſe
D'vne paix languiſſante & plaine de moleſſe,
C'eſt aſſés ſommeillé, voicy venir le iour

Que le Dieu de la guerre a promis son retour ?
Esleuons nos esprits, échauffons nos courages,
Et comme les oyseaux estant sortis de cages,
Redoublent leurs fredons, & font voir à leur chāt
Qu'on ne peut demeurer hors de leur element:
Témoignons à ce Mars, à ce grand Dieu des ar-
Que nos felicités sont parmy les alarmes, (mes
Et que nous n'habitons plus plaisante maison,
Qu'vne double cuirasse & vn gros morrion,
Que la guerre est toussours nostre chere patrie,
Et le combat de Mars nostre plus douce vie :
Enfermons nostre chef d'vn morion profond,
Qu'il deualle cresté sur la voute du frond,
Et tombant du coulet vne forte cuirasse
Escaillée au dessous que le corps nous embrasse :
Ores voicy le temps auquel doiuent les Dieux
Détruire, courroucés, ce monde vicieux,
Afin de rengendrer vn'autre sorte d'hommes,
Meilleurs & plus entiers cent fois que nous ne
    sommes :
La guerre est declarée, or essayons sur tout
Si depuis si long temps l'épée tient au bout.

SOLDAT GASCON.

Vous menas vn pauc trop de bruch,
Tournas l'espase dins l'estuch,   .
Que seruis aquelle brauade
Quan non n'y a guerre declarade :
N'autres disen en bon Gascou

Que pauc parla és lou milliou ,
Et appelan vn buffalhieyre ,
Aquel que crido à la carrieyre ,
Car on vey ordinariomen
Que tout son fayt non es que ven ,
Et quan qual intra en besoigne ,
La poou ly fa changea de troigne.

SOLDAT FRANCOIS.

Quel Gascon insolent, fascheux & temeraire,
Qu'en me contredisant, recherche à me desplaire?
N'as-tu peur d'irriter mon courroux contre toy :
Sois plus respectueux quand tu parles à moy ,
De parolles d'honneur ornez vostre langage ,
Vn mot mal à propos blesse vn braue courage :
Gascon , soyés discret.

SOLDAT GASCON.

Mousur , so qu'yeu nay dit ,
Se vous ou comprenez és per vostre proufit.
Car d'anòça la guerre à tout'vne grand soulo,
On non trauuario pas soulamens vne poulo,
Lou bruch ly seruira d'vn aduertissamen.
Per fayre amassa tout dauan lou toque-sen :
Aytal s'vn cop aueu la guerre declarado
Prendren so que pouyren de cop & de tirado,
Pintes , siettes, & plats, padenes & payrols,
Napes, & suguemas, seruietes , & lensols:
El nous cal prouuesi de toute aquele farde,
Sanso crida dauã Messieus, prenez-vous garde:
La guerre non val res per lous paures souldats

A c

Se non sauou res prene que de pics & patats.

SOLDAT FRANÇOIS.

Il ne faut rechercher que la gloire en nos armes.

SOLDAT GASCOV.

Aquo ferio leau fach per lous paures gendar- (mes.

SOLDAT FRANÇOIS.

Ils font riches d'honneur étans victorieux.

SOLDAT GASCOV.

Anas vi coure d'aquo fe non auez res pus.

SOLDAT FRANÇOIS.

Le foldat eft contant lors qu'apres la victoire
Il fe voit tout couuert & d'honneur & de gloire ,
La couronne eft en tefte honnorable loyer.

SOLDAT GASCON.

Fafez lou pey foupa de feilles de laurier,
Son a res pus gaignat be pot fa bonne chere,
El cal vieure autramé, s'auē dous dets de guer-
Mays yeou nó podi pas creire certenomé, (re:
Qu'aquo que rodo tāt nō fio vn mouly de vē,
Lou courre que l'ō vey de toutes las nouuelles
Non reprefentou res fonco las quatre velles.

SOLDAT FRANÇOIS.

La guerre eft declarée , on m'a dit cét aduis ,
Et qu'on doit petarder des lieux de ce Pays :
On commance d'armer , on repare les zilles ,
Ces dipances feroient vaines & inutilles ,
Si le deffein n'eftoit d'employer les foldars ,
Aux effets glorieux de mille & mille hazars.

SOLDAT GASCOV.

Ayffo reffemblara à certaine magaine,

D'aquel enfantamen d'vne grosse môtaigne:
Car al loc d'vn Geant, quand aget enfantat,
Lon non veget sourti qu'vn miserable rat,
Aquel bruch courriguet de l'vn à l autre pole
Qui non agesse ris de voir cette bestiole.

SOLDAT FRANC,OIS.

Ne perdons plus de temps à contester ainsin,
Taschons de nous monter sur quelque bon roussin,
Mettons-nous en estat, & rendons-nous veilles,
Soit-il pour assaillir ou deffendre les Villes.

LE MESME GASCON.

Yeou ne voly res fa,qu'on non me dône auis
Que battou lou tâbour per tout aquest pays,
Alors yeou m'armaray des pez iusqu'à la cimo
Quand yeou despêdrio be toute ma legitimo:
Yeou sioy assegurat qu'auant qu'on dône truc
On non faillira pas d'auerti Pepesuc:
Lou bé d'aquest pays dépen de sa deffenso,
Yeou faray lou loubet se Pepesuc cômenso,
Se vesen boulegua Pepesuc del cantou
Be pouyrez fa sourty deforo lou canou,
El sap amay tresap, & non parle pas gayre,
El vey amay ausis tout so que deou fayre:
S'vn cop el se brandis las aureilles del cap,
Be poudez fayre sa d'acoustramens de drap,
Et lou perpoun de busla & la creste sort baisse
Sanso ges d'haut de manche per pourta la cui-
raisse.
S'él a tant soulamens reberueillat lous els,

Say aura de poûchous que traucaroou laspels:
Bref s'vn cop el fourtis hors de fa Citadelle,
Be nous pouden tene cadafcun en ceruelle?

PEPESVC.

Que vol dire aquelle rumou ,
Que m'a fourtit de mon cantou ?
Que fignificou tant d'allarmes,
Me caldra ti prene las armes ?
Seray yeou incare forffat
De mettre l'efpafe al couftat,
Et de quitta ma folitude
Per vous tourna ferui d'ajude
Yeou non forti gayre fouuen,
May garo quand aco me ven :
Car delà ont ma trouppe paffe
Mays de fept ans fi par la traffe
Be foou counoyffe al premié truc
Quacos lou bras de Pepefuc :
La difference de mas armes
En be lou refte des genfdarmes,
Es comme vn coq de canou
Ambe vn efpet defclafidou :
Yeou ay quand cal may de puiffance
Que Capitayne de la France.
Del temps qu'yoou fretaui lous pots
A l'armade des Vicegots,
Yeou ne tombaui de foulades
Comme quand ploou à ramaffades,
El non ny auio cap al pays

Que non fouguez daquel aduis
Yeou manejaui la fourtuno
Entre lous dets comme vne pruno,
Ero el res que non trambles
Defiouft la follo de mous pes:
Ce cal quyeou torne fa la guerre,
Aquo fera lou mal de terre :
Car yeou fembli vn diabolic
Dins l'armado de lennemic,
A tant valdrio que la tempefte,
Lour ages grellat fur la tefte :
Yeou lous rendi mays morts que vieous
Comme la feilles dels oulieous,
Tant valdrio qu'vn cop de tonnerre
Lous alonguefle fur la terre,
Comme quant yeou lour fouy paffat,
Ou per dauan ou per couftat.

SOLDAT FRANCOIS.

Que deuons nous venir redoutables gendarmes ?
Faut-il prẽdre & dõner en vain toufiours d'alar-
Faut-il eftre nourris d'vn efpoir incertain, (mes?
& remettre toufiours du foir au l'endemain
Les executions d'vne guerre prochaine,
Et nous feicher de foif aupres de la fontaine ?
Deuons-nous efperer de reuoir nos foldats
Marcher à tourbillons deffous nos eftendars,
Et comme de troupeaux és defertes campagnes
Trauerfer les coupeaux & fendre les montagnes.

SOLDAT GASCOV.

L'incertitude d'aquest temps.
No fa biecure de mal contens,
Sortes nous l'eau de mal de teste,
Vous que çauez couro ez la feste,
Non fen toufiours fur lous aduis,
Ayffo fe fa, ayffo fe dis,
L'vn dis vertat, & l'autre reuo :
Aro la pax, aro la treuo,
L'on non aufis d'autres difcours
Sonquo la guerre dins tres iours :
Nautres demouran en ceruelle
Comme vn foldat en fentinelle,
Et femblan al prés del pourtal
De gens que foou rouda l'efpal
Ambé l'efpafe fur la terre
Nous fazen guerre, fios tu guerre,
Comme an la pounche d'vn battou
On marque fus lou fougayrou,
Aquelle famoufo palabro
Del joc de cabro, fios tu cabro :
Enfin, degus non intre pas
Qu'oun parle de guerre ou de pas :
L'vn met lou fioc prez de la farde,
L'autre nous fa quitta la garde :
Bref, fen comme vn païre auffel
Quand es plantat fur vn ramel :
E leau aro voftre bengude
Nous fortira l'incertitude

Car fez-vous homme qu'on fapias
S'auren la guerre ou la pas.

PEPESVC.

Des quatre cantous de la terre
Venou nouuelles de la guerre,
En matiere d'aquel aduis
El ou cal prene tout al pis,
Et fa fayre per fa deffence
So que Marti fech à la dance:
Yeou ay mandat de touts coufta.
De gens per aue de fouldats:
Car yeou voli qu'aquefte guerre
Me rendo meftre de la terre.

SOLDAT GASCOV.

Moufur, beleau vous armarez
Et peys aquo non fera res,
Se nous crefian qu'aquo fouguefle,
Et que la pas non retournefle,
Nous autres fen de bous fouldats,
Que donnaren force patats
Per ta grande que fio la troupe
Ly fautarian deil s la croupe,
Touxes dous fen hommes d'ounou,
El es Frances & yeou Gafcou,
Vous fçauez qu'aquelle befoigne
Es naturelle à la Gafcougne,
Et que iouguan tant pla des dets
Comme elles des goubelets.

SOLDAT FRANCOIS.

Monsieur si vous iugez que nos bras & nos armes
Soit dignes vous seruir nous serons vos gendarmes
Nous vous suiurons par tout en mille & mille ha-
Et nous tesmoignerons vos fidelles soldars, (zars,
Nous ne vous serons point personnes inutilles,
Ie sçay de beaux secrets pour surprendre les villes
Car auec mes angins en dépit de leurs dens,
Ou de nuict ou de iour ie veux entrer dedans.

SOLDAT GASCON.

Pour faire vn petard excellant
Ie suis le maistre qui le vent
Yeou vous faray sans ges de peno
Brulla dins l'aygo vne cadeno,
Yeu foou fayre lou cor loubet
D'vn petard contre vne paret,
Et ses pres d'vne cantonnieyre
Non laisse pas peyre sur peyre,
Quand yeou lay mes contre vn portal
Vous dirias qu'es vn gros barral,
Et lors que iette sioc en layre
Semble qu'vn Diaoles bat sa mayre.

PEPESVC.

Aysos nou pot pas ana mal,
Vautres ses la gens que me cal :
Or sus iuras sur la petrine
De vieoure ioust ma discipline,
Et de garda fidelomens
La ley de mous commandamens.

SOLDAT FRANCOIS.

Ie vous iure & promets mon braue Cappitaine

Que pluſtoſt tarira le ſang dedans ma veine,
Que ie vienne par dol & par meſchanceté
Faillir iniquement à ma fidelité.

SOLDAT GASCOV.

Vous vous poudez aſſegura
Que tant que guerre durara,
Yeou vous feray touſiours fidelle
Comme la paure tourtourelle :
Car yeou ſio ſecq comm'vn ſahuc
Syeou quitti iamays Pépeſuc.

PEPESVC.

Sus armas-vous braues gendarmes ?
Que cadaſcun prengo ſas armes,
Afin cal bel premié ſignal
Non calque que monta à cheual,
Et quitta chacun ſa caſaque
Per fayre lou drap de l'eſcape.

SODAT GASCOV.

Cappitayne ſapian pus leau
Se la cal tira del fourreau ;
Car de voulé battre l'eſtrade
Qu'on nyage guerre declarade,
El val tant faire ſant vincens
Ou prene la Lune en las dens

MEGERE

Braue race de Mars à quoy ſeruent les armes,
Pendant que la campaigne eſt pleine de gendar..
I'ay verſé dans le ſang de dix mille ſoldars, (mes:
Vne eſtrange fur ur de courirr aux hazards;
On ne voit rien que ſang, on ne voit que carnage?

Cela ne peut-il point eschauffer le courage,
La guerre est declarée, & déja nos flambeaux
Ont couuert le Pays de funestes tombeaux,
Tout est dans le desordre, & ne voit-on personne
Qui ne se iette au crus & qui ne s'abandonne?
Arme ton bras d'ascier ô peuple genereux,
Eschauffe ton courage à l'ardeur de mes feux,
Du manoir infernal, les goulfes homicides,
N'ont encore soulé leurs cruautez auides:
Pluton voulant remplir de nouueaux Citoyens
Les desertes maisons des champs Venariens,
M'a commandé d'aller faire vn tour sur la terre,
Pourtant aux quatre coings les flambeaux de la guer-
   res:
I'ay si bien obey à cette passion,
Qu'on ne verra que feu d'vne sedition:
On ne voit que l'horreur des armes furieuses,
On n'entent que les cris des meres malheureuses?
Tout brusle dans le feu que ie viens d'allumer,
Tout ressent la fureur que ie viens d'escumer:
Cependant qu'vn brasier des mortelles ruines,
Consomme des humains les cœurs dans leurs poi-
   trines:
Et que le feu s'embrase par tout cet Vniuers:
Alterée du sang ie retourne aux Enfers,
Et de là ie verray la trouppe qui deualle
Dans cét ancien trou de la barque infernalle.

SOLDAT GASCON.

Aros certes bé cresy yeou
Qu'aysso sera lou fleau de Dieou:
Sa Pepesuc agen comratge,
Mettes lou mourré à la farratge,

Las ɲouuelles d'aqueſt courrié
Non layſlou pas res en arrié,
Be dis tout haut qu'ya tournadiſſe,
Et que lou diables ſe compiſſe :
Yeou counoyſi qu'aquel aduiſt
Ven de la part de l'Antecriſt
Acos vn homme qu'à la vogo
De ſaupre mays qu'vn Aſtrologo.

SOLDAT FRANC,OIS.

Ce n'eſt point le caquet d'vne ſimple bergere :
Car c'eſt du creux d'Enfer l'execrable Megere;
La guerre eſt declarée, & déja le tambour,
Comme vne belle aurore nous annonce le iour :
Ah que ce bruit me plaiſt ? quelle douce muſique?
Quelle fléche d'amour eſt d'vne belle picque ?
Vaut-il pas mieux entendre au lieu des inſtrumãs
Trompettes & mouſquets & les canons tonnans :
Au lieu de courtiſer quelque fiere maitreſſe,
Saiſir vn bon Bourgeois qui nous faſſe largeſſe,
Le gratter, le frotter iuſques aux inteſtins,
N'eſt-on pas plus contant qu'a toucher des tetins
Et mettre les cinq doigts dedans vne eſcarcelle,
C'eſt vne autre chanſon que doüir ma cruelle,
Sa, ſa, remuons nous, Pepeſuc ordonnés,
Ce n'eſt pas à preſent qu'il faut ſeigner du neʒ

PEPESVC.

Orſus ſoldats agen couratge,
Vautres tenes vu bon lengatge :

Mouſtras de faict comme de vois
Que vous ſes vn ſouldat François :
Et vous Gaſcou à la beſongne
Veyren ſe ſes de la Gaſcongne :
Sus armen-nous, lou ſang me boul,
Fagan comme fa la niboul,
Quand es cargade de tempeſte,
Et qu'elle grélle ſur la teſte,
En auſen lou bruch des tambours,
El cal truqua comme de ſours,
Yeou voly prene file à filo
Aro vn Villatge, aro vne Villo,
Iuſqu'à la riue de la Mar
Victorious comme vn Cezar,
Et s'on ſouy las de ma fortune
Voly courry ſubre Neptune :
Mas leys non ſeran qu'vn cop d'el,
Où yeou faray monde nouuel :
Quand auran viſtes mas rouynes,
Qu'auroou ſaches mas Couloubrines,
Chacun ſe vendra randre à yeou
Sans emplega ma monitieou :
Yeou voli prene en la paraulo
Vne partide de la Gaulo,
El ez force que dempremié
Yeou me rende grand carnaſſié,
Et que lou ſang & lou couratge
Faſſe beni lou monde ſatge :
Iamay non aurian aeaba :

Se non fafian daillia lou prat,
Sa , fa , Soldats, à la bataille,
Fazen nous-y comme qui daille :
Yeou voly fa commandamen
Per tout qu'on arme vitamen ,
Gafcou, vay-ten tu fa la crido,
Tu qu'as la paraulo poulido ,
Et lou difcours tout ple de chuc.

SOLDAT GASCOV.

De la part del grand Pepefuc,
Neuout de Mars , fil de Latonne,
Pus puiffant qu'vn Diables quand tronne ,
Maffe quatorze bras de fer ,
Lou Rodomon qu'ero en Eufer ,
Mange murailles, brife picques,
Seque tonnels , vuide barriques ,
Meftre des gouffes enrageats ,
Gaigne Caftels , faute foufats ,
Garde cantous , ferme carrieyres ,
Grand emprenniayre de chambrieyres :
El fa entendre à toutes gens,
Que pouyroou pourta fournimens
De s'ana randre à fon armade ,
Pey que la guerre és declarade.

LE MESME GASCON.

Moufur , yeou ay executat
La charge que m'auez donnat ,
Vous aurez force gens de guerre
Des quatre cantous de la terre :

Car yeou ay vist en mesme temps
Qu'vne grande foulle de gens
Abandounabou las boutigues,
Mays qu'en luillet non n'ya d'oliues.

PEPESVC.

Aysso ba pla, non musen plus,
L'on pert souuen en b'vn deplus,
Commensen leau aqueste casso,
Sa, qu'on m'apporte ma cuirasse,
Brasselets, cuyssals, gantelets,
Et ma lance trauque parets,
Lou morrion & la grand ploume
Que fagueti pourta de Rome:
Intras dedins mon Arcenal,
Et pourtas tout so que me cal,
Lou pistolet & la sallade,
Et l'espase damasquinade.

SOLDAT FRANC,OIS.

Cecy est fait.

PEPESVC.

Regardas que tout so complet.

SOLDAT GASCOV.

Non v manque pas vne espille,
Non plus qu'a las armes d'Aquille,
Bé cal fa ratges, Pepesuc,
Autramens non aurio chuc,
Iesus mon Dieous que de desfaites
Peys qu'auen las armes complettes:
Que vous serias aro camus,
Se la guerre non ero pus,

Ayſſo ſerio la malo peſto
Se la pas gaſtauo la feſto.

PEPESVC.

Qu'es ayſſo que ven tant d'apas ?

SOLDAT GASCOV.

Ay, Pepeſuc , ayſſos la pas,
Souldat Frances , tenez lou rire.

PEPESVC.

Eſcouten ſo que bouldra dire.

LA PAIX.

De la voute des Cieux ie deſcens ſur la terre,
Pour étancher le ſang de la cruelle guerre,
Pour éteindre le feu que la rage a allumé,
Et oſter le venin qu'elle y auoit ſemé :
Ie ſuis cette alme ſœur , cette fille immortelle,
Cette diuine Paix , la compagne fidele
De Iuſtice & de Foy mes deux fatales ſœurs,
Qui venons ordonner le repos de vos cœurs,
Mettés les armes bas , ſoldats impitoyables,
Le deſtin a des loix qui ſont ineuitables :
Il le dit , ie l'ordonne, & veux que deſormais
On ne gouſte icy bas que les fruits de la paix:
Ne vous repaiſſés plus de ſang ny de carnage,
Laiſſés cette fureur à vn tigre ſauuage :
Chaſſés de ce Pays ce penible métier :
Pendés-le par le col , deſſus vn rattelier :
Chaſſés dans vn tombeau le ſalpétre & la poudre,
Dont pour vous maſſacrer vous cōposés la ſoudre.

Enfermés pour tousiours les funestes Canons,
Et que vos arcenats leur seruent de prisons :
Qu'on n'entende iamais bruire cette tempéte,
Sinon pour honorer mes Autels & ma Fête :
Ny le bruit des clairons, presage de dangers,
Sinon pour publier mon nom par l'Vniuers :
I'annonce heureusement comme vne claire aurore
Le retour du Soleil que le monde adore :
Ioüyssez des rayons de son heureux retour,
Ne cherchés plus la nuict dans la clarté du iour,
Chacun dans sa maison , dans son Bourg , dans sa
    Ville ,
Viue loin de l'horreur d'vne guerre ciuille ,
Sans craindre l'ennemy, sans frayeur ny sans bruit
Prendre le doux repos que luy donne la nuit :
Viuant plus asseuré dans sa maison champétre,
Que dans vne Cité, dont il en est le maistre,
Sans déroger du soin de se tenir caché ,
N'ayát qu'vn chié pour garde à sa porte attaché :
Et que le Villageois dans la maison rustique ,
Soit comme dans la tour de quelque Republique,
Sans craindre les volleurs & les soldats mutins ,
Qui bruslent, qui saccagent pour faire des butins,
Et sans qu'il craigne aussi les gédarmes brauaches
Qui pillent les moutons, les cheuaux & les vaches
Loin de tous les dangers, viuée dans vos maisons
Sans voir du changement que celuy des saisons,
Et que vous puissiés voir vostre vie murée
D'vne agreable paix d'eternelle durée.

                                    SOLDAT

SOLDAT FRANCOIS.

O trois & quatre fois fortune variable,

Qui te plaist de monstrer les biens dans
  vne fable,

Qui armes nostre bras, & quant & quant
  tu fais

Appendre nostre fer au temple de la pais:

Qui nous fais quand tu veux degainer nos
  espées,

Et remettre au fourreau sans estre ensan-
  glantées,

Hores que ie pensois par droit & par raison

Gaigner dix mil escus d'vne seule rançon,

Que ie tenois si seurs auant qu'il fut Di-
  manche,

Comme ie tiens mon bras asseuré dans ma
  manche,

Faut-il que remettât mon épée au fourreau

Ie forte l'esperance que ie dans le cerueau.

PEPESV.

Soldat Frances sias patien,

Et prenez lou temps comme ven :

Car vezés-vous aquel affayre

Semble lou ioc d'vn Escrimayre,

Vn cop dessus, vn cop de bas,

Aro dauan, aro da tras,

B

I a pas non pot gayre dura
Enfin la guerre tournara,
Las caules fou alternatiues;
S'aqueſt an non n'y a ges d'ouliues,
Vn autre an ny aura quantitat,
Non aucu viſt per lou paſſat,
Que la fontayno ero alterade
Commee vne iouue maridade;
Dermeyromens venguet lou flus
Quand non peuſauen à res plus:
Aytal vendra toute acouxade
La guerre quauco matinade,
Qu'en dizés-vous ſoldat Gaſcou?

SODAT GASCOV.

Aquo és fach, l'on ou vey prou
La Pax és aro ſur la terre
Pé poden dire de la guerre,
So que ſe diſio l'autr'an
De las amelles de Boujan,
Aquos nanat qui qu'on ne digo,
Ycou voou tourna dins ma boutigo,
Prene lous darriés arramens
De quauques viels petaſſamens,
Ah, Pepeſuc, yeou deſirauy
De vous ſeruy comme mon tauy,
Et de fa creyſſe mon renom,
Comme quand l'on couſſle vn balon:
Yeou ſoy flac aro de courage
Quand cal tourna plega bagage:

Yeou qu'ery tant pla refolgut
De fa lou pis qu'aurio pougut,
Et de fa courre la poullaille,
Comme quan quauque gous baraille,
Es el poullible que la pas
M'age aytal donnat ful nas,
Et qu'elle fio aro la caufe
Que mous cinq dits eftan en paufe,
Non faby pas que m'a tengut
Qu'on lyage fach peta l'embut,
Ta belle obre ageffi facho
De ly efpoulfa pla la mouftache,
Iamays beleau l'on n'aurio pas
Vift per yffi lufi la pas,
Qu'es aquel bruch que ven fur terre ?

PEPESVC.

Ayffos cauque figne de guerre,
Calas foldats, auzen que dis,
Ayffo fera quauque autre aduis.

MEGERE.

I'ay mis par tout le feu de difcorde & de
guerre,
Et ne puis embrafer ce petit coing de terre:
Quelque Dieu voudroit-il preferuer en-
uieux,
De mon embrafement ce peuple genereux ?
Voudroit-il s'oppofer d'vne main plus puif-
fante,

B ₄

Et deſtourner d'icy la tempeſte preſente?
O vous yr*s d'Enfer, vous mes deux autres
    ſœurs,
Qui portez comme moy les flambeaux pu-
    puniſſeurs,
Tiſiphon, Alecton, venés, ô ſœurs fatalles,
Sortés du plus obſcur des grottes infernalles
Delaiſſez maintenant, cruelles s delaiſſez
De punir le chetif qu'ores vous puniſſez,
Pour embrazes ces cœurs d'vne eternelle
    rage,
Et pour les animer au ſang & au carnage:
Qu'eſt-ce qui vous detiét, inseſibles ſoldars
Puis que le tābour bat en mille & mille pars?
On rauage les champs, on ſaccage les Villes,
Et vous eſtes icy perſonnes inutilles?
Cette trēblante Paix qui vous auoit promis
Que vous ne deuiez plus craindre les en-
    nemis:
Cette fille du Ciel les Dieux l'ont rap-
    pellée,
Oyant le bruit de Mars elle a pris la vollée:
Partant n'eſperez plus icy bas la reuoir
Que nous n'ayons remply noſtre infernal
    manoir?

DE PEPESVC.

N'esperez plus dé voir cette paix mésögere,
Le destin en son lieu t'enuoye vne Megere,
Pour allumer le feu par tout cét Vniuers,
Et remplir les chemins d'hazards & de
    dangers :
Le destin m'a predit ta fatale rüine,
Tu ne peux éuiter tout ce qu'elle termine :
Or ie vois qu'vn chaqu'vn s'eschauffe peu
    à peu,
Et qu'enfin sur la paix ma rage a preualeu,
Ie n'entends que de bruit, ie n'entends que
    d'alarmes
Et le pays couuert de sang & de gendarmes :
Ie va reuoir Pluton, & luy dire comment
On void par tout l'horreur de mon embra-
    sement.

PEPESVC.

Couratge, souldats, bé ya bresques,
Aquestes nouuelles sou fresques,
Aro bé cresi que l'on pot
Mettre la casso dins lou pot :
Car la guerre torno aro fayre
Comme vne rodo d'amoulayre,
Tant tourne lou sanat al pous
Qu'enfin lay mudo sous catous,
Enfin la niboul courroussade

Layſſo tumba la ramaſſade :
Touſiouts mal temps non duré pas
Vn cop la guerre, vn cop la pas ,
Apres l'hiuer, la prime vero ,
Apres Careſme bonne chero :
La France a demourat long temps
Al trauail d'vne ſenno prens
Vn cop ly ven vno trincade ,
Aro debout , aro alonguade ,
Vn cop vn crit & peys vn plan
Quand ſentis boulegua l'enfan :
Enfin ellõ fa tant d'esfoſſes
Qu'aquos ly fa peta lous oſſes,
Et peys apres aque' combat
Vella vne fille ou vn goujat ;
Goujat auen , mays non pas fille ,
Ayſſos lou joc de crous ou pille :
Non auen demandat la crous ,
La fortune es aro per nous ,
Sa deſpachen , prenes las armes
Tout boullis are de gendarmes ,
Venes an autres Galiots,
Et donnares de millous cots ,
Amay fares milloune chere
Que de vous battre à la gallere ;
Souldats, ſapias en lous paſſans
S'incaro es temps de battre aux chans
Anas ſabe ambe las troupes
Si lon fioc es à las eſtoupes.

SOLDAT GASCOV.

Yeou fioy encourat d'ana fayre
Vn cabuffet comm'vn pefcayre,
Per mouftra lou contentamen
Qu es de fourty de peflamen :
Yeou fioy content comme qui fiale,
La guerre es vne pel d'enguiale,
Et nous autres fen lous bourdets,
La guerre femble lous bufets,
Et nous autres femblan la brazo,
Ello nous met en ma l'efpazo :
Bref de là ven toute l'actieou,
Qual ou counoüys millou que yeou,
Yeou que boüilli dins mon courarge,
Comme la car dins lou poutarge :
Qu'anan aro fayre de mals
Quand intraren dins lous ouftals,
Be caldra qu'on s'y troué d'oulles
Se non fazen boulli de poulles :
Dins vn an crefi que dous yoous
Seran pus cares que dous bioous :
Car en mánjean la poule grace,
Enfin lous yoous perdran la race.

SOLDAT FRANCOIS.

Monfieur, i'ay fatisfait à vos commandemens,
I'ay veu en plufieurs lieux de grans remuemens,
I'ay fait vn grand circuit en faifant la reueuë,
Ie n'ay rien entondu qu'vn bruit de tué, tué :
Tout le monde troublé, & n'ayant autre foin,

Que pour ſe conſeruer tenir l'eſpée au p.....

L'vn veſt vne cuiraſſe, & enferme ſa teſte

Dans vn creux morrion qui dreſſe vne grãd crét

Qu'õ s'arme tout le corps, qu'õ s'arrãge aux cõbas,

Et ſur la rouge plaine aduancer leurs treſpas :

On ferme les Citez de murailles dreſſées,

On les ſeint à l'entour de foſſes abaiſſées :

On aſſaut, on deffend, le fer de toutes pars

Flamboye eſtincellant à la main des ſoldars ;

Deux Chefs m'ont preſenté, n'ayãt ma cõnoiſſancé,

L'vn de prendre vn guidon, l'autre ſa Lieutenãce :

Mais en allant vers vous, on me diſoit tout bas

Vous eſtes mieux logé que vous ne croyez pas :

Si vous vous preſentez aux ſoldats en perſonne,

Les Chefs ont belle peur que l'on les abandõnne,

Et qui ſõt obligez comme ſimples ſoldars

De ſe loger enfin deſſous vos eſtandars.

PEPESVC.

Acos prou dich, ſus en bataille,

Sa, ſa, qua tout lou monde ſaille,

Prenen, mangen, beuen, faſen,

Tuſten, rompen, taillen, briſen ;

Sa que tout ane en ordonnance,

Tiras ſouldats ſe res s'aduance,

Et cridas touſiours qui vela,

Sargean de bando fay fila,

Anen al gros de mon armade.

SOLDAT GASCOV.

Mouſur, penſſen à la ſoupade,

N'autres auen fach prou camy
Sanso trouua ny pa, ny vy,
Anen repaylle en quauquo grange,
Yeou non ay pas lou ventre d'Ange,
El lou me cal farcy de pa
Se voly que tout ané pla,
Et arroula ma gargamele
Ambe d'aygue de pallurele.

PEPESVC.

Souldat Gascou, vous ses gourman.

SOLDAT GASCOV.

Non voly pas moury de fan,
Aymi mays vn cop de lance
Que d'aufi roundira ma pance,
L'on non pot beoure caut, ny frét,
Ayssos vne guerre de cét.

PEPESVC.

Fasez pourta d'aquel Vilatge
De pa, de vy sus mon passatge.

SOLDAT GASCOV.

Aros qu'ay mangeat & begut,
Be voly fayre mon degut,
Lou vy fa creylle lou couratge
Comme la plege lou farratge:
Se deuian veny à las mas
Vn veyre nous couuris lou nas,
El valdrio tant que lous gendarmes
S'anellou battre sanllo d'armes:
Lou vy delallo, resiouys,

Et fa fa mays que l'on non dis,
Quand l'on a ounchat la coudene,
L'on canto peys comme vne orguene,
Ycou podi be fuiuant mon fen
Canta dous mouts camy fazen.

Chanson, fur le chant de Guelindon.

SOLDAT GASCOV.

QV'aquo ferio greau as paüres gendarmes
De s'en tourna leau & quitta las armes,
Guelindon, guelindon, guelindeine, guelindó.

De non gaigna res, porta l'arquebouse,
Valdrio tant aué lou fus & fialouse,
Guelindó, guelindon, guelindeine, guelindon.

Fazen aquel cas, qu'on nous vengue dire
Qu'aro auen la pas, be ny auro perrire,
Guelindon, guelindó, guelindeine, guelindon.

Ycou ay may patit que non pas las peyres,
Aro non fios tu fon de las chambrieyres,
Guelindon, guelindó, guelindeine, guelindon.
Fin de la Chanson.

LA PAIX.

Quel Demon infernal de fa puante allaine,
S'efforce de troubler les eaux de ma fontainne?

Et voulant s'amuſer auec ſes tourbillons
Obſcurcir la clarté de mes diuins rayons?
Quelle eſtrange fureur, & quelle ire enragée,
Veut rauir aux mortels la paix que i'ay donnée?
C'eſt en vain qu'elle fait ſes eſtranges efforts,
En vain elle a ouuert le ſepulchre des morts?
C'eſt en vain qu'elle veut allumer vne guerre,
Et couurir de frayeur la face de la terre:
Elle n'auance rien: car le conſeil des Dieux
Et ſes diuins Eſtats aſſemblez dans les Cieux,
Ont deſia reſolu que ie ſuis deſtinée
D'eſtre auec les humains auſquels ie ſuis donnée?
I'habiteray ça bas, ce ſera mon ſejour,
On n'y verra que paix, on n'y verra qu'amour;
Et pour me guarantir des fleſches de malice,
Les Dieux ont confirmé au monde la Iuſtice:
Son bouclier m'eſt donné, où ie ſuis à couuert,
L'vne ne peut perir ſi l'autre ne ſe pert:
Ie rendray deſormais la liberté perduë,
On ira par les champs comme dans vne ruë,
Sans craindre l'ennemy, la main, ny ſon poignard
Et de iour & de nuiĉt, le matin & le tard:
On verra reſtablir le trafic ordinaire,
Et les chemins purgez du voleur ſanguinaire;
On ne receura plus les alarmes de Mars,
Mon nom diſſipera les troupes des ſoldars:
Ils prëdrõt leur chemin pour ne me point déplair
Ils auront en horreur le ſeul mot de la guerre,
Et ſi quelque mutin veut violer mes loix,

La Iuſtice a pour moy des cordes & des croix,
Elle tient en la main la balance & l'eſpée,
Pour donner aux meſchans la peine merités :
Sus doncques dreſſez moy icy bas mes autels,
Puis que ma Deité vous aſſeure, mortels,
Et puis qu'à voſtre bien ie me monſtre prodigue,
Couronnez mes autels d'vne branche d'oliue,
Et qu'on n'entende rien que chanter deſormais,
La paix ſoit auec vous, auec vous ſoit la pais.

SOLDAT FRANC,OIS.

O paix, faſcheuſe paix, importune courriere! (re ?
Pourquoy vies-tu troubler ſi tôt l'humeur guerrie-
Que n'as-tu pour le moins arreſté ton retour
Iſques que nous fuſſions dans quelque belle tour,
Et qu'on euſt veu donner quelque groſſe baraille,
Ou braquer le canon au front d'vne muraille,
Aſſaillir, fourrager ſuiuant noſtre deſir,
Faut-il faire retour, ô Dieu, ſans coup ferir?

SOLDAT GASCON.

Yſſi nya prou per beni fol,
Ou per s'ana rompre lou col:
Le cal qu'aro yeou me retire,
Quo fera vn joc per rire :
Car yeou me troui prouueſit
Comme qui mange pa boulit
Er ana beoure per lous pouſes,
A de badals amay de crouſes,
On nya pas cap, lauzat ſio Dieou,
N'ou poſq ie fa millou que yeou :

Yeou fioy tailliat fon n'ya plus guerre,
De fayre vn faut fans touqua terre :
Ayffos vn ioc d'encantamen ,
Qual non perdiio aro lou fen .
Aue fach de preparatiues ,
Vendre lou blat & las ouliues ,
Et m'eftre engatgeat cap & pés ,
Iufques à dire d'oun'venes :
Apres tout aquele magaigne,
Et tant de Caftels en Efpaigne ,
Lou pagamen d'aquefte foyes
Es hors de Cour & de proces ;
Incare noftre Arreft es pire ,
Car fans defpens y en à dire ,
Nous veyren aro de paffans
Comme de paüres playdejans:
Mon Dieóus , la fachoufe pratique
Qu'es d'eftre fouldat pacifique !
Ah , Pepefuc , yeou foüy perdut ,
Son pagas fo que m'es degut ,
El non n'ya troupe que la voftro
Qu'on age pres vn cop la moftro ,
Pagas-nous , car vous auez prou
D'eftre remes dins lou cantou ,
Vous qu'on auez res pus affayre
Que tene mino de cagayre ,
Que non mangeas , ny non beues
Aumens qu'on vege dins Befies :
Confideras noftre defpenffo ,

Mettés las mas à la confcienffe,
Er pagas de cinq parts las tres
De ce que nous aues proumes.

PEPESTC.

Soldat Gafcou s'yeu poudié fayre
Yeou pagario commo vn changeayre,
Yeou foüy tout à fait rouynat
Dauere tant fouuen armat,
Qu'ay yeou gagnat que de magainne,
Defpeys que batten la campaigne :
S'yeou podi aue rembourçamen,
Yeu pagaray incontinen :
Cependant braues gendarmes
Tenes yeou nous donni mas armes
Armes que Vulgan me fourget
Del temps que Troye s'affieget :
Armes que portou ma fortune
Comme lou Cel porte la Lune,
Quoou vift de fieges & de mals
Mays que non pefou de tarnals,
Qu'an vift gaigna mays de batailles,
Que cent & cent non foou de mailles :
Yeou lay vous donni de bon cor,
Peys que non ay argen, ny or,
Et m'en boou tourna dins la Ville
Aro que la guere a fayt gille :
Be caldra qui age rumou
Se tourni fourti del cantou.

SOLDAT GASCOV.

Soldat Frances el es questieou
Qu'yeou voji lar armes per yeou.

SOLDAT FRANÇOIS.

Et quoy Gascon son-ce des armes
Qui puissent seruir aux gendarmes,
Les maistres & non les soldars
Doiuent auoir ce don de Mars.

SOLDAT GASCOV.

Comme s'aquo non pouyrio estre
Que desouldat on vengues mestre.

SOLDAT FRANÇOIS.

Il faut de complets armemens
Aux hommes de commandemens :
I'ay suiui la caualerie
Et tu n'as veu qu'infanterie :
Les maistres sont des tourbillons
Pour rompre les gros bataillons,
Et comme ils sont braues gendarmes
Aussi il leur faut de belles armes.

SOLDAT GASCOV.

Vous pouyrias estre iusques as pots
Mestre, remestre cinq cens cots,
Bon cauaillé, grand gendarmasse
Non aures brassal ny cuirasse.

SOLDAT FRANÇOIS.

I'aurois indignoment porté
Dix ans l'espée au costé
Souz le merite d'vn Vlice,

HISTOIRE

Comme vn Aiax simple nouice
Ne me rendoit autant heureux
Comme Visse Victorieux,
Lors qu' Aiax en femme habille
Disputoit les armes d' Achille.

SOLDAT GASCOU.

Cy aura donc force patax,
Se ses Vlisses & yeou Ajax,
Vos auez be millonne frase
Mais lou malheur es à l'espase.

SOLDAT FRANÇOIS.

Sus donc Gascon l'spée au poin
Elle te fera bien besoin :
Ie veux d'vn fendant sur la teste
Te diuiser comme vne beste,
Pare ce coup.

LE MESME GASCO

Vos tu sa bel,
Laysso m'accutra lou capel,
Et peys apres paro te paro ;
A Pepesuc on sios-tu ato
Per nous sourti de differen,
Que vos-tu dire cal te cren,
Paro aquel, paro te paro.

PEPESVC.

Que voules vautres fayre aro,
Semble que vous autres voulgas
Fayre la guerre en temps de pas.

SOLDAT FRANÇOIS.

Vos armes font noſtre diſpute,
Car ſe les veux de haute luite.

PEPESVC.

Las armes qu'yeou vous ay donnades
Non poudou eſtre diuiſades,
Car l'on nom fa pas grand effet
D'vn armamen qu'on es complet,
Vella perque es raiſonnable
De las donna al pus capable,
Et à lou que à may pourtat
Las armes d'aquele qualitat :
Lous ſouldats ſont iouſt lous gendarmes,
Doncques Frances prenes mas armes.
Per lou regard de vous Gaſcou
Yeou vous voli fayre raſou,
Et vous cal aro vne boutigo,
Car la pax es qui qu'on ne digo,
Se vous tournas fa lou meſtié
Que vous auias d'eſtre groullié,
Pouyres tourna mettre la banco
Dins mon cantou pres de mon anco,
D'aqui veyres qui va qui ven
Sans paga ges d'arrendamen.

SOLDAT GASCOV.

Ayſſos lou fet yeou ſouy pagat
Vella mon article crouſat,
Bels pagamens que ſou paraules,
Lous qu'amaſſou de cagaraules

Sou pus auroufés qu'vn fouldat
Qu'a fach la guerre & res gaignat;
Yeou aymi may laua bugados
Et amaffa de bufqualliados,
Dauan fourti pus de Bezies
Yeou aymi may truqua taullies
Nor gaigna res prene de pene
Comme vn Diables quand fe remene :
Non es pas aquo fufifen
Per me fayre bira lou fen :
Paure meftié, guerre couquine
Tu me fafios trop bonne mine :
Car yeou crefio que iamays pus
N'aguefli befon de degus,
Non vous fizes iamays en guerre
Elle es trop dure à la defferre,
El vous val may dins vn houftal
Mettre lou nas dins vn barral,
Que d'eftre toufiours en ceruelle.
Et neyt & iour en fentinelle,
Aquo fio dich yeou ay iurat
De n'eftre iamay pus foldat,
La guerre a fi, la pax es facho,
Chafcun fe tire la mouftacho.

EPILOGVE.

Apres le tourbillons, les feux & les tempeftes
Qui nous ont tant de foü fiflé deffus nos teftes
Nous verrons reuenir ce calme gracieux

Qui comme vne rosée est descenduë des Cieux,
Et contre les efforts d'vne ire enragée,
Nous sentons les effets d'vne paix asseurée :
Vous auez veu, Msieurs, les diuers mouuemens
Qui nous ont mille fois, las, comblé de tourmens!
Cependant qu'on croyoit la guerre impitoyable,
Qu'on voyoit en la main le fer inéuitable,
La campagne couuerte & de bruit & d'horreur,
Et que rien ne pouuoit finir nostre malheur,
Dieu nous a renuoyé parmy cette fumée
La clarté de rayons d'vne paix asseurée,
Son retour a produit mille diuers effets,
Il donne aux vns la vie, aux autres des regrets:
Mais si l'on connoissoit le bien qu'elle ramaine
On ne trouueroit pas d'humeur à la fontaine.

HISTOIRE DE L

REIOVISSANCE

DES CHAMBRIERES
de Beziers.

Sur le nouueau rejaliſſement d'eau des tuyeaux de lu Fontaine, en l'année mil ſix cens ſeize.

Faite par M. Bonnet Aduocat.

Acteurs.

Le Prologue.
La Nymphe.
La Ville.

Les Chambrieres.

Andriuo.
Peyrouno.
Mathiuo.
Le Fontanier.
Peyre Lalabardié.

PROLOGVE.

TOVS les ans vne fois noſtre
    Muſe folaſtre ,
  Pour vous entretenir monté
  ſur le Theatre ,
Et ſuiuant la beauté du ſujet qu'elle prĕd,
Vous voyez la foibleſſe & l'effort quelle rĕd:
Ne vous eſtonnez donc, Meſſieurs, ſi noſtre
  Muſe
Sur vn frêle ſujet ores elle s'amuſe ,
Elle ne vous veut point repreſenter vn
  Mars :
Car nous ne ſommes point gendarmes, ny
  ſoldars ;
Vous verrez ſeulement vne ſeche Fontaine,
Qui ne coulera point qu'auec beaucoup de
  peine ,
Vous verrez les regrets d'vne Nymphe
  auv beaux yeux ,
Qui pour r'auoir ſon eau reclamera les
  Dieux :
Et pour mõſtrer le deüil d'vne mere affligée

La ville de Beziers fera representée,

Son visage couuert de larmes & de pleurs

A qui le soin cōmun rengrege ses douleurs:

Vous verrez les regrets & plaintes ordi-
    naires

Que la Villë reçoit de toutes les chäbrieres:

Enfin, l'on heurtera tant de fois ce rocher

Qu'on verra ce beau flus doucement s'ap-
    procher,

Alors vous n'ëtendrez qu'vne ioye cōmune,

Chacun ressentira cette bonne fortune,

Les Chambrieres voyans leurs anciens paf-
    setens,

De joye ne pourrŏt cacher toutes leurs dëts;

Vous les verrez, Meßieurs, en grand re-
    fioüiffance,

Si ce pauure sujet vous donne patiencc.

La Nymphe.

Puis-ie voir de mes yeux, fans me trancir
    de peine,

Secher mes blonds cheueux auprez de ma
    Fontaine?

Puis-ie voir son canal fans l'agreable flux

Dont elle alloit moüillant la beauté de mes
    yeux;

Pauure fille des eaux, moy Nymphe mise-
    rable,
Ma fontaine n'est plus qu'vn songe & qu'-
    vne fable:
Elle ne coule plus, les Dieux pour mon mal-
    heur,
La metamorphosant ont seché son humeur:
Elle n'arrouse plus, elle n'est plus humide,
Ce n'est plus ma fontaine, ains vne pyra-
    mide;
Ie ne puis plus tramper mon chef dedans ses
    eaux,
Ie n'y voy plus porter les cruches ny les seaux
On n'y voit rien dedãs que toute pourriture,
Vn nombre d'ossemens, cõme vne sepulture.
Le cristal de ses eaux ne me sert ores plus
Pour mirer ma beauté, & moüiller mes che-
    ueux,
Mes delices estoient d'oüir le doux murmure
Du rejalissement que faisoit la nature:
Mais asteure, ô malheur! ie n'entends ny
    ne vois
Qu'vn miserable objet auec ma triste vois:
Ie change mon sejour, & veux que ma
    fontaine

Reſſemble en ſon malheur le fleuue d'Amc
    ſaine.

Les Nymphes ne pouuant s'y cacher qi
    que fois,

Sent conſtraintes d'aller dans les ombres
    d'vn bois :

Ainſi, me retirant, i'apprendray l'origine

Du long retardemět de mon eau criſtaline:

Quelque fleuue enuieux, ênemy de ſon cours

Peut-eſtre ne veut point qu'elle coulle tou-
    ſiours ?

Ou comme vn autre Alphée enuers ſon
    Areteuſe,

Aura mélé ſes eaux auec ſon amoureuſe :

Ie chercheray par tout la cauſe de mon mal,

Ie verray ſes côduits, ſa ſource & ſon canal,

Et ſi quelque accident luy ferme l'embou-
    cheure,

Ie luy douray le cours luy dõnăt l'ouuerture.

La Ville.

Quelle Nymphe ay-ie veu au bord de ma
    fontaine,

Qui reſſent ſon malheur comme ie ſens ma
    peine ?

O moy, dolante Ville, ô Ville qui me vois
                         Sans

Sans l'agreable objet des eaux que i'y auois?

Qui seche de langueur ne puis trouuer en-
    core

La source & les conduits des eaux que ie
    deplore ;

Si les pleurs que i'espands entroient dans
    son conduit ,

Ma fontaine pourroit couler & iour & nuit

Tant ie sens de douleur, que de me voir pri-
    uée

De l'agreable flux d'une font animée ?

Qu'on ne me nôme plus le jardin fleurissant,

Le plus beau du pays comme on alloit disant:

Car le iardin ne peut estre sans la fontaine,

Ny la fontaine aussi si l'eau n'y est certaine:

Helas! ie ne suis plus la Ville que i'estois ,

Ma fontaine n'est plus celle que i'y voyois ,

Elle ne coulle plus , il faut que la riuiere

Soit côme des cheuaux l'abreuoir ordinaire

De tous mes Citoyens , & qu'on aille là bas

Chercher le plus souuët la mort & le trépas,

Ie reçois tous les iours & mille & mille
    plaintes,

Qui sont dedan mon cœur profondement
    empraintes:

C

On maudit mon seiour, on deteste mes lois ;
Quand ie ne leur fais pas couler l'eau que
    ie dois ;
Des Nymphes des maisons des troupes de-
    soiées ,
Me dressent leurs regrets sur mes eaux ar-
    restées ,
Veulēt abandöner ma fontaine & mes gens,
Et changer desormais leur seiour par les
    champs ,
Ne veulent plus aller aux puis ny aux ri-
    uieres ,
Aymans mieux en ce cas n'estre plus nos
    chambrieres.

Andriuo sort.

Quand vous serias éntré dex millo ,
Yeou counoyssi que ses la Ville ,
L'on parlo del loup ben souuen
Quand per la couguo l'on lou ten ;
Vous iugeas be à ma paurieyro
Qu'yeou debi estre vno chambrieyro ,
Vous sçauez desia , Dieou mercy , ;
Lou subjet que me porto ayssi ;
Nous autros sen d'aqnesto meno ,
Lou nombre de cauquo centeno ,
Qu'en non anan vers lou Toüat

Auen fach vn bon Scindicat,
Enfin, la fortune es estado
Qu'yeou louy del corps la deputado;
Per vous veny reprefenta
Que lou deffendre & lou monta,
Toutos defcauffos per las peyros,
Facho fort toutos las chambrieyros;
Et que s'ellos non vezou plus
La fontayno en fon bel flus,
Dedins vn mes, fou refoulgudos
De foug i comme de perdudos,
Et de noun fay tourna iamays
Ce cal pourta tonfiours lou fays;
Car fe la Fontayno non piffo
On aymo mays eftre nouyriffo,
Apres vn pauc de mal de rems,
L'on es en repaus quauque tems;
Non pas fa comme vne cauallo
Vefpre & maty monto, dauallo,
Vers lous moulis, ou vers lou pon;
En dange d'aue quauque affron,
Vous fçaues que las paures fillos
Se perdou comme de lentillos,
El non cal fayre qu'vn fals pas
Per tomba dauan ou detras
Car la nature nous a fachos
Comme aro fan las garramachos;
Vno fendo fur lou talou
Per fayre paffa l'efperou,

C 2

Qu auque fes l'on fe lardouvege,
Lou caut ven quand on fe paffege;
Atal vefen millo malheurs
Qu'arriuo a d'aquelfes Mouffurs,
L'on reffaup mil & millo autratges
Memcmens aro an les farratges,
De forto que vous nous deues
Fa veny l'aygo dins Bezies,
Autromens fen cent chambrieyros,
Que vous quitan toutos premieyros.

La Ville.

Ne m'abandonnez point, ô fillet defolées !
Ie vous rendray bien toft vos lieffes paffées,
Vous n'irés plus porter la cruche ny le fceau
Long téps hors de mes meurs pour y puifer de l'eau:
Ie vous affranchiray de danger & de peine,
Et vous feray puifer de l'eau dans ma fontaine:
I'ay mil & mille fois fait trauailler en vain,
Ie veux treuuer quelqu'vn qui ait meilleure main;
Qui plus expert fera l'acqueduc fous la terre
Par où il conduira cette Nymphe qui erre,
Ie va faire affembler mon confeil general,
Où fera propofé la grandeur du trauail,
Et du danger que court vne pauure chambriere
D'aller puifer de l'eau au bord de ma riuiere:
Diane n'aura pas renouuellé fon cours,
Que vous verrés mes eaux reuenir pour toujours.

Andriuo.

Vous fçaues tout fo que nous cal,

Villo, Dieous vous garde de mal,
Se la Villo sou met en testo
Fara lou drech à ma requesto,
La brauo Villo que serias
Se safias perdre aquel tracas,
Yeou non podi gayre be creyre
Que iamays pus ou tournen veyre,
Toutesfes non digan iamay
Que d'aquello ayguo non beouray,
Yeou voou trouua ma compagnonno
Ayssis Matiuo, amay Peyrouno.

Peyrouno.

Et be, Andriuo, qu'as tu fach,
Que fa la pasto dins la mach?

Andriuo.

Yeou ay parlat ambe la Villo,
Se vautros fauias qu'es gentillo
Aquo la fa malauegea
Quand nous vey tant tracassegea,
Et mor de veyre las goujatos
Quand se ruinon las sabatos,
Per carregea vespre & mati
D'ayguo per asagua lou vi,
Yeou l'ay troubado pus doulento
Que cap de testo de siruerto,
Et de fet, ello m'a prommes
Que l'ayguo vendra dins vn mes.

Mathiuo.

Dedins vn mes es'ty poussible,

C

Aquo's vn meftie trop penible,
Plait à mon Dieous que dins vn an
Ly vegeffen prenc lou van,
Et qu'vn bel rach fans ges d'obftacles,
Nous pouſques fa crida miracles.

Peyrouno.

Yeou non m'en voudrio pas ana
S'aquel bon tems poudio tourna:
Car en matiere d'amouretos
L'on las fa comme de bonnietos,
El y a millo commoditats
De veyre lous paures gougeats;
Aro de neyt quand Mouffur veillo
Non cal que prene la bouteillo,
Et ana comme de catous
En baraillan per lous cantous,
L'on trobo quauques fes fon home
Amb'vn gros nerby comme vn cofme,
Que vous parlo dous mouts d'amour,
Lou gal cantet, & fouguet iour.

Mathiuo.

Yeou non faui pas fe perfouno
T'a enfeignat aquo, Peyrouno,
Ou s'yeou t'ay ramays contat
Lou tret que me fouguet iougat
Vne neyt de bono fortuno
De dos dournos ne preny vno,
Et fanfo trouba ges d'empach
Ly meteri lou trauc al rach,

Et quantequant que fouguet presto
Me la cargueri sus la testo ,
Et preni tout drech à l'oustal ,
Sanso pensa à res de mal ;
De sorto qu'vn , qu'oun sauras pas,
Me venguer prene per detras ,
Et peys quand m'aget reuirado ,
El trouuet be qu'yeou eri fado ,
Car el me touquet quasi tout
Sanflo qu'yeou ly founeffi mout ,
Et me penfet rompre vno costo
Sans dire quand val ny quand costo :
Mes en fin tant me brandiguet
Que la bouteillo me tombet :
Se iamays aquo me tournauo
Yeou m'en voudrio fougi defpauo ,
Ou be fe s'aprouchauo trop
B'aurio fus mourres quauque cop.

Peyrouno.
S'el fous estat à ma requesto
Yeou ly ageffi baignat la testo
Sans ly fayre mal autromens ,
Car lo qu'on fa per paffatens
El ou cal prene à la bon'houro.

Andriuo.
Dins pauc de tems lou Cel labouro,
El non s'y cal gayre fiza
Quand non fario pas que gliffa :
Car yeou m'y fouy endeurgudo ,

C 4

Vn cop que me rendet pla mudo,
El vous cal creyre qu'vn galan,
D'ayſſo pet auere vn an,
Me troubet touto fino ſoulo
Qu'empuſabi lou fiociouſt l'oulo,
El s'aprouget ta pla de yeou,
Qu'apres quauquo bello queſticou,
Me faguet tomba l'eſcabello,
Vela pel ſol Madoumoiſelle,
Peis apres ſe rouniſſec deſſus,
Yeou paureto non poudio pus:
De ſorto qu'aquellos iouguinos
M'ou fach pla pruſi las tetinos,
Et toutesfes non ſaui pas
Couſſi faguet aquel matras,
Aquelſes cops deiouſt la fardo
Se fan qu'on non s'y pren pas gardo,
Aquo paſſo comme vn iglaux,
Aquos gandit dins quatre ſauts,
Yeou qu'ay viſto la tremontano,
Podi dire quand val la cano,
Et donna de millous aduis
Qu'aquelos qu'an lou caguonis,
Regardas que mal non vous venguo.
                    Peyrouno.
D'aquo que diſes vous ſouuenguo,
Yeou troui qu'aquo's pla vertat,
Mays atabe qual es ta fat,
Que s'atrouo quauquo fourtuno

Non la croque comme vne pruno :
Lous homes fou de car & d os
Quand n'an vno ne volou dos ,
Apres lou bras volou la queyſſo,
Quand an aquo, garo la geyllo.
Mays ſe nautros auian de ſen
Fougirian del commenſamen.

Mathiuo.

Aqui caldrio be prou d'adreſſos ,
Et couſſi fan noſtros meſtreſlos,
Semblo que vous non vejas pas
So que vous paſſo pres del nas.

Peyrouno.

Calas, Mathiuo, ſe ſes ſatge,
Pus meſchant es aquel qu'autratge
Qu'oun pas aquel qu'es autratgeat.

Mathiuo.

Peyrouno, aquo ſio prou parlat ,
Vous ou ſaues, amays dex millo.

Andriuo.

Anen nous en , beleau la Villo
Pouyrio ſourty tout à vn cop,
Et auſi ſo que diſen trop ,
Mays la raſou qu'yeou ay pus forte
Es qu'ay pres la clau de la porto,
Et la m'en cal ana pourta.

Mathiuo.

Et yeou me cal ana appreſta
Quauquo perdris que non ſe gaſte.

C 5

Peyronno.

Et yeou, paureto, mena l'afte,
Me cal ana aprefta quicon,
Nautres fay auen vn fanjon.

La Ville.

Six ans font ia paffez que io vis en deftreffe ;
Mes yeux fe font feches pendant la fecherefo
De ma trifte Fontaine, & la fin de mes pleurs
Ne peut iamais trouuer la fin de mes douleurs ?
Mon maiftre les fecrets dont voftre ame eft doüée
Nous peuuent deuider cefte longue fusée,
Et nous faire reuoir noftre ancien paffetemps,
Sás que l'on foit conftraint de recourir aux cháps.

Le Fontanier.

Madame, ie feray que cefte eau vagabonde
Rafraichira l'ardeur qui vous rend fi abonde,
Ie conduiray fi bien les veines de cefte eau
Qu'il ne manquera rien que la cruche & le feau,
Ie la feray couler en fi grande abondance
Que voftre Font fera la plus belle de France,
Ceux qui fe font mélez de la faire couler
N'auoient autre defir que de fe bien fouler :
Mais moy ie fuis conduit par l'hôneur de ma gloire,
Ie feray fatisfait quand ie vous verray boire ;
En toute forte d'Arts il ne fe faut fier
Sur quelque bon fujet qu'aux maiftres du métier,
Ainfi ce Claudius qui fut fi galant homme
Conduifit dextrement dans la ville de Rome
Cefte eau, qui a depuis pour enfler fon renom,

Porté comme Appius & le titre & le nom.

La Ville.

Mon maiſtre, c'eſt à vous que mon eau ſe reſie,
Le Ciel vous a donné le ſens & l'induſtrie,
Pour reparer le mal que les autres ont fait,
Chacun ne peut pas eſtre ainſi que vous parfait,
Allez, & trauaillez, faites que voſtre peine
Me rendre mes plaiſirs & l'eau de ma Fontaine.

Le Fontainier s'en entre. La Ville.

Verray-ie encor'vn coup les Nymphes de Beziers
Ainſi que les Nayades moüiller icy leurs pieds ?
Verray-ie de mes yeux ma Fontaine entourée,
D'vne gaillarde troupe à manche retrouſſée,
L'ordinaire caquet, la rumeur, le deuis
Qui ſemble des oyſeaux vn plaiſant gaſoüillis,
C'eſt aller, & venir des vaillantes chambrieres.
Les peines qu'elles ont de puiſer les premieres,
Et ce beau paſſetemps que i'ay quand elles ſont
Les cruches pleines d'eau caſſer contre leur front,
De les voir tempeſter toutes deſcheuelées,
Dire mille ſecrets de leurs vies paſſées ;
Ne menent-elles pas vn plus beau paſſetemps
Que les Nymphes qui ſont aux Fontaines des chãps,
Si ie renois ce iour ie dreſſeray vn trophée
Qui marquera touſiours cette heureuſe iournée.

Andriuo.

Ay, Peyrouno, yeou voou ſa gillo,
Non veſes pas ayſſi la Villo.

Peyrouno.

.. en ly fa noftre degut ,
Chacun y es fort pla vengut.

La Villo.

Filles , vous verrez toft les effects de ma peine ,
Ie vous feray puifer de l'au dans ma fontaine ,
Vous n'srez plus rouler : car en toutes faifons
Ie vous dourray de l'eau deux pas de vos maifons,
Appreftés feulement vos couches fontainieres
Elles ne verront plus les puis ny les rinieres.

Mathiuo.

Se vous fafes comme fe dis
Dieous vous ou rendra en Paradir ,
Vefes , el cal be qu'yeou vous diguo
Que n'autros eren vno liguo,
Qu'aymauen mays couffi qu'anes
Serui de cheuals de relles
Que carregea de bouteillados
Que nous oou quafibe trouffados ,
Aro an la fanguo & lou mal temps ,
N'auian res de blanc que las dents,
Se de fortuno eren poulidos
Aro fen toutos arroüydos.

Andriuo.

Lou malheur ero be pus gran
Peys que cal que vous ou digan ,
Quand anauen à la riuieyro ,
Chacuno auian noftro chambrieyro ;
Et las fafian ambe de pa
Toufiours monta & dauala.

Peyrouno.

Non parlos pas de las donseillos
Que mettioou d'oly à las bouteillos,
Ta rare erou lous houstals
Qu'on auioou d'aquelses coutals.

Le Fontainier.

Madame, i'ay conduit par des canons de pierre
Grand'abondance d'eau comme dans la riuiere,
I'ay fait tout à niueau, & de cent en cent pas
Dessus mon acqueduc tines ne manquent pas,
Vostre carriere vieille sert d'vne promenade
A tous vos Citoyens pour voir ma canonade :
r ilies, depeschez-vous, apprestez vostre seau,
Ie va faire couler grand abondance d'eau.

La Ville.

Faites donc, Fontainier, que sans bouger ie voye
Rejallir des tuyeaux le comble de ma joye,
Que ie seray contente, & ioyeuse de voir
Que tous mes Citoyens changent leur abreuoir,
Et mesme le Chameau, d'où ie tire ma gloire,
Il viendra tous les ans quelquefois icy boire,
Mon soing doit estre grand de le bien abreuer,
Puis qu'en ouurant la bouche il me peut conseruer.

Le Fontainier fait tirer la Fontaine.

Ha voicy venir l'eau, cette eau tant desirée,
Ie ne seray donc plus desormais alterée,
Ie veux mouiller mes mains, ma teste & tout le
    corps,
Pour monstrer que ma joye est dedans & dehors,

Ie veux icy lauer comme la chafferesse,
Mon visage terny de pleurs & de tristesse,
On verra sur mon teint le plaisir que ie sens,
Il sera le tesmoing de mes contentemens,
Nymphes, conseruës-moy cette source eternelle,
Rendés la source bonne, & la Fontaine belle.
Changés voftre fejour Nayades dans fes eaux,
Où la guerre a esteint fes malheureux flâbeaux ?
Que iamais plus le cours de ma belle Fontaine
Ne me puiffe rauir le bien qu'il me rameine,
Que iamais plus fon eau ne tariffe dedans,
Que les filles iamais n'aillent fuiure les champs,
Tantoft a gargaillan, tantoft à la riuiere,
Car c'est le detriment d'vne pauure chambriere :
Qu'on puiffe voir toufiours rejaillir fes tuyeaux,
Et qu'il ne faille point chercher ailleurs nos eaux.

La Nymphe.

En fin ce beau fejour voftre Nymphe ra-
    meine,
Ie me plais dãs les eaux d'vne clere fôtaine,
Mes delices font là: i'y veux eftre toujour,
Fuyãt de nos Berges les pourfuites d'amour:
Et fi quelques beaux yeux me touchent d'a-
    uanture,
Ie veux icy guerir mon mal & ma bleffeure,
En me plongeant dedans, car quant &
    quant mon cœur

Gouſtant ſes beaux plaiſirc oublie ſa douleur ?

O rigoureux amour dont la fleche poignãte,

Sans repos nuiết & iour toutes ames tour-
mente,

Tu peux bien ſur chacun authoriſer ta loy,

Elle n'aura iamais la victoire ſur moy :

Nul ne ſe peut garder que ta main enfãtine

Ne le vienne darder à trauers la poitrine :

Vn chacũ va craignãt ton amoureux effort,

Mais ſur ma liberté tu n'es pa aſſez fort :

Les Monarques ſi grands, les Roys porte
Couronne

Sont auſſi toſt atteints qu'vne ſimple ger-
ſonne ,

Vn chacun va craignant ton amoureux effort,

Mais ſur ma liberté tu n'es pas aſſés fort ?

Tu dõptes ſur les eaux les troupes écaillées,

Tu n'auras les oyſeaux aux plumes émail-
lé's,

Vn chacun va craignant ton amoureux effort ,

Mais ſur ma liberté tu n'es pas aſſez fort :

Que ſi iamais ton ſeu échauffe ma poitrine,

I'esteindray ton brandon dans mon eau cri-
staline,
Et pour me mieux mocquer de ton autorité,
Ie chanteray tousiours icy ma liberté.

CHANSON.

AMour tu peux de ta fleche poignante,
Maistriser les mortels,
On va dressant à ta main triomphante,
Des vœux & des Autels,
Les loix de ton authorité
Sont foibles pour ma liberté.
        Ta deité est par tout reconnuë,
Et le sera tousiours :
Mais ton brandon ne m'a iamais vaincuë,
Ny fait sentir l'amour,
Les loix de ton authorité
Sont foibles pour ma liberté.
        Quoy que ton feu eschauffe la poitrine,
Des Nymphes de Beziers,
Tu ne peux point sur mes eaux cristalines
Conseruer tes brasiers,
Les loix de ton autorité
Sont foibles pour ma liberté.

Tu tiens les cœurs que ta fleche maiſtriſe
Dans tes ſeueres loix,
Mais le pouuoir que i'ay dans ma franchiſe
Deffie ton carquoix,
Les loix de ton authorité
Sont foibles pour ma liberté.

Matꜩiuo.

Ay marrideto venes veyre,
Sans ou veſé l'on n'on pot creyre
So que ſe vey dauan lous els,
Andriuo, Peirouno, Iſabels,
Courres, venes, pourtas bouteillos;
Car la fontayno fa merueillos,
La Villo pot quitta lou dol,
La fontayno fa bel piſſol.

Peirouno.

Ieſus marrido, qu'vno cauſo,
B'auio long temps eſtade en pauſo,
Aro s'eſpargnara prou vy:
Car l'ayguo es bello, Dieou mercy:
Quand la iiꜩieiro ero fort troubio,
Et qu'ero rouge comm'vn doublo
Iamays las gens de mon houſtal
Non ne beuioou vn plen dedal,
Mays aro layguo es tant bello
Qu'on pourra pla pauſa canello.

Andriuo.

Cal ages dich, lauiat ſio Dieou

Qu'agessen vist ny vous ny yeou
Tira iarnays de nostro vido,
La fontaino qu'ero tarido.

Mathiuo.

Non pas yeou pauro, car las gens
Dissioou que n'yaurio per long temps ;
Qu'aro y aura de cridalestos,
Que de bossos & que de pestos,
Que de malheurs & que de mals,
Que de soulados, de vantals,
De coffes & de cabilieyros
Et de vertats de la chambrieyros,
Que veyren de gens escouta
Quand nous ausiran caqueta,
Qu'yaura de bouteillos trinquados
Et de chambrieyros graffinados :
Per yeou Peirouno, iamays pus
Yeou non diray res à degus :
Mays gardo à tabé s'on me serquo
Que by pausaray pla ma merquo,

Peyrouno.

Yeou non troui res tant fachous
Que quand l'on te dis deuant tous
Mi lo paraulos, mil'o autrages
Commo las sennos des villarges
Car tal pallara a qui dauan
Qu'ausira tout aquel canquan,
Et se m'ausis appel'a puto
Me monstrara peys sa flaüto

Andriuo.

Nous autros deourian vittomens
Sans perdre brico aiſſi lou tens
Ana qu'erre entre qu'on veillo
Çadaſcuno noſtro bouteillo.

Mathiuo.

Acos pla dich anen nous en ,
Eſpero qu'ara tournaren.

Peyrouno.

Taſten vn pauc s'aqueſto aigueto
Es tant bonno comme ello es netto
Vn pauc de vy aiſſi meſclat
Fario creyſſe l'herbo del prat.

Andriue.

Fillos aues gayre de coucho,
Per ma meſtreſſo aro es en coucho,
Yeou podi fayre libromen
Tout ſe que nous autros vouldren.

Mathiuo.

Que poui ian n'autros ato fayre
Sonquo danſa per nous compleyre ,
Et per monſtra quand danſaren,
Qu'a tal fa qu'a lou cor conten.

Peyrouno.

Yeou voly be danſen en rodo ,
Et canta peys de bono modo ,
Se la villo torno deſſa
Et la calra fayre danſſa,
Car ello es aro tant iouyouſo

Commo vno fillo quand efpoufo,
Mathiuo diguos la canffou
Que faguet açuel compagnou.

Mathiuo chante.

Chanfon.

QVi vol auzi canfouneto
Oy Ieano, Ieano, Ieano,
Qui vol aufi canfouneto,
Oy landerideto   bis.
Qu'es facho fus l'amour
Oy landerideto
Qu'es fache fus l'amour.
   Ayfos d'vne chambrieyro
Oy Ieano, Ieano, Ieano,
Aifos d'vne chambrieyro,
Oy landerideto,
Ambe vn braue gafou.
   Bon maty fés leuado,
Oy Ieano, Ieano, Ieano,
Bon maty fes leuado
Oy landerid. o,   bis
Per ana iufqu'o al four.
   Trouo fon amy Pierro,
Oy Ieano, Ieano, Ieano,
Trouo fon amy Pierro,

Oy landerideto,   bis.
Que ly parlo d'amour,
  Tenés me la proumeſſo,
Oy Ieano, Ieano, Ieano,
Tenés me la proumeſſo,
Oy landerideto,   bis.
Que me faſes touſiour.
  La fillo qu'es fineto,
Oy Ieano, Ieano, Ieano,
La fillo qu'es fineto,
Oy landerideto,   bis.
Ly reſpoudet tout cour.
  Dreſſas vous anaquello,
Oy Pierro, Pierro, Pierro,
Dreſſas vous anaquello,
Oy landerideto,   bis.
Qui tenias ful ginoul.
  Ly feres fa vne aubado,
Oy Pierro, Pierro, Pierro,
Ly feres fa vne aubado,
Oy landerideto,   bis.
D'vn fiffre & d'vn tambour.
  Aquo n'es-pas ma mio,
Oy Ieano, Ieano, Ieano,
Aquo nes-pas ma mio,
Oy landerideto,   bis.
Noun ay autro que vous.
  Se vous n'oun n'auez d'autro,
Oy Pierro, Pierro, Pierro,

Se vous n'oun n'aues d'autro,
Oy landerideto,   bis,
Vous feres mas amous.
   El la pren & l'embraflo ,
Oy Ieano, Ieano, Ieano ,
El la pren & l'embraflo
Oy landerideto ,
El ly fa tres poutous.
   La fillo es vergouignoufo,
Oy Pietro, Pierro, Pierro,
La fillo es vergouignoufo,
Oy landerideto,   bis.
Que l'appelle fafchous.
   Noun vous fachez la bello,
Oy Ieano, Ieano, Ieano,
Noun vous fachez la bello ,
Oy landerideto ,   bis.
Car vous fes mas amous.
   Sé yeou ne veni groflo,
Oy Pierro, Pierro, Pierro,
Sé yeou ne veni groflo ,
Oy landerideto ,   bis.
Pierro me prendres vous ,
   Gardas la creaturo ,
Oy Ieano, Ieano, Ieano ,
Gardas la creaturo ,
Oy landeredeto ,   bis.
Qu'yeou feray voftre efpous.
   Fafés m'yne proumeflo,

Oy Pierro, Pierro, Pierro,
Fafés m'vne proumeffo,
Oy landerideto,   bis.
Et dormiray an vous.
  El prenguet vno ploumo,
Oy Ieano, Ieano, Ieano,
El prenguet vno ploumo,
Oy landerideto,
Et faguet vno crous.
  Mettés fus voftro aureillo,
Oy Pierro, Pierro, Pierro,
Mettés fus voftro aureillo,
Oy landerideto,   **bis.**
Aqueft bouqet de flous.
  Las fillos fou huroufos,
Oy Ieano, Ieano, Ieano,
Las fillos fou huroufos,
Oy landerideto,   **bis.**
Qu'ou de tals feruitous.

          Peirouno.
Aquelle canfou va bé pla
Se lon fe poudio boulega
Yeou ne voou dire vno poulido
Per fauta coumo vno cabrido.

CHANSON DE PEYRONNE.

VN bon maty nous s'en leuados,
  Saués las fa las tres cambados

A la fontayno fen anados,
Saués las fa
Saués las fa las tres cambados,
Saués las fa.

   Tres compagnous nous ou trouuados,
Saués las fa las tres cambados,
Dins vn cellié nous an intrados
Saués las fa,
Saués las fa las tres cambados,
Saués las fa.

   Sus de gabels nous an rounfados,
Saués las fa las tres cambados,
Et aqui nous an empreignados,
Saués las fa
Saués las fa las tres cambados,
Saués las fa.

   Et peys nous an abandounados,
Saués las fa las tres cambados,
D'aquo fen n'autros courrouffados,
Saués las fa
Saués las fa las tres cambados
Saués las fa.

        Andriuo.
El es refou que cadafcuno
Per compaigno ne diguan vno ;
Yeou non fauy gayre canta.
        Mathiuo.
Aquo's tout vn be ly valdra.

                CHANSON

CHANSON D'ANDRIVO.

QVand la meſtreſſo fa l'amour,
Lou' meſtre per ly fayre iour
Se pren an la chambrieyro
Lanfalarireyro,
Se pren an la chambrieyro
Lanfalarira.

Se quauque cop el vey degus,
Que ly ſio dejouſt ou deſſus,
El monto la chambrieyro
Lanfalarireyro,
El monto la chambrieyro
Lanfalarira.

Quand ello vol ana aux chans,
Et que meno ſous courtiſans,
El brandis la chambrieyro
Lanfalarireyro,
El brandis la chambrieyro
Lanfalarira.

S'ello demoro dins l'houſta!
Et qu'el vege cauque ſeignal
El digno an la chambrieyro
Lanfalarireyro,
El digno an la chambrieyro
Lanfalarira.

Quand ello ſoupo ambe cauqu'vn,
Et qu'el ne pot ſenti lou fun,
El ſoupo an la chambrieyro
Lanfalarireyro,

D

El foupo an la chambrieyro
Lanfalarira.

S'ello non fe vol mettre al liech,
Et qu'age al cap cauque defpiech,
El dor a la chambrieyro
Lanfalarireyro,
El dor an la chambrieyro
Lanfalarira.

Andriuo.

Filles, yeou fioy fort eftounado
Qu'ello fous tant abandounado,
Et que lou meftre ne fagues
Commo d'vn cheual de reles.

Mathiuo.

Vno chambrieyro qu'es honnefto
Quand fon meftre ly vol fa fefto,
Apres l'aue fach prou mufa
Non pot gayre be reffufa.

Peyrouno.

Noun pas s'vno fillo es tant fado,
De l'efcouta quand vey qve bado:
Car s'ello vol aufi que dis
B'es prefo commo vne perdis.

Andriue.

Yeou n'ay be vn que tout malaute
Me diftoufiour que cal qu'yeou faute,
Mays s'vn cop fen à fant Miquel,
Yeou voli fa monde nouuel.

Mathiua.

Lous homes fou sort vilenafses
Quand nous rancontreou pec tous passes,
Yeou vouldrio tené per e forioh
Tout fo que mon maftre m'a dich.

Peyrounoq.

Si tu t'arreftos à parantos
Tant te valdrio de eagarantos,
Tiro te tour aque del cap
Vn home dis mays que non fap.

Andriuo.

Voulez vous autros qu'yeou vous diguo
El non n'ya capfans vne amiguo,
Lou mariatge vn tric-trac,
Las peros tournon dins lau fac.

Mathiuo.

Se ma meftreffoun'era aduertido,
Non aurio pas tressiques de vido,
Car ello gardo tant que pot
Aqu' mefchant tranquolibot.

Peyrouno.

Tantos n'ya que fou pla trompados,
De blancos & de mafcarados,
De creyre que non fon pofqua vn pauo
Mettre lou nas en autre trauc.

Andriuo.

Ellos tournou paffo pareille,
Comme qui tainquo vno bouteille,
Car fe lous hommes ou foou vn iout

Elles ou volou fa couñou.

Mathiu.

Nous autros embe parauleros
Anan al pas de las auquetos,
Ayffi ferian iufqu'à dema
Se non carguan per mon afla.

Peyrouno.

Iefus, Mathiuo que fioro aldo
Tu fas be vey la refoludo
Anen nous en , efpero nous,
L'ayguo me baigno mous fabatous
Las meounos amouretos,
L'ayguo me baigno mous fabatous
Las meounos amous.

Andriuo.

Peyrouno el cal que yeou te digo
Qu'en paffan pres d'vno boutigo
Yeou ay vift aquel ton galant
Que m'a fach figne ambe lou gant.

Peyrouno.

Andriuo, non m'en parles pas
El m'a feguit de tras en tras,
Iufquos aqui pres de la plaffo,
Que m'a penffat fai paffa chaffo.

Andriuo.

Que ly diray fe me retreñ
Vos que ly parle de boun fen
El me vol fa fa maquignouno
Quand vey que foy ta compaignouno.

Peyrouno.

S'en non tourpan lou trouos pus,
Et que non n'yage pas deguu,
Fafés ly laué de paffada
Que demxiaua la bugada
Et per feignal de mas amous
Baillo ly aqueft bouquet de flous.

Mathiuo.

Peyrouno yeou enduoi may
Que lous pes d'vn paure laquay,
Car yeou feruiffi vna meftreffo
Qu'es contre yeou vne diableffo.

Peirouno.

Mathiuo, non m'en digos re
El ou cal prene toutas res
Dins eftaxillo las chambrieyros
Endurou may qu'oun fan las peyros.

Mathiuo.

Ello me trouuet l'antre iour
Ambe aquel que me fa l'amour
La meouno, el te cal he creyre
Qu'oun lay lou vol pas défpey veyre.

Peyrouno.

Crey me, Mathiuo, que la meouno
Es pus mauuaifo que la teouno,
Car fe lay vey lufi lou meou
Me donno may que nou me deou.

Mathiuo.

Ellos deourion fa confcienfo

Car qui mal non faquial noh penso ,
S'en non couray mai, qui non parlaras, y non no
Et que non n'ay, qu'es &c.
　　　　　　Andriuo.
Mathiuo , el cal que y soun & c.
Quicon me peso sur la lengud,
Se las bouteilhos fan empach
Paufen las ayffi pres del rach.
　　　　　　Mathiuo.
Fay donc leau & c.
Nautros fafen vey la leffiuo,
Yeou ay laiffas à mon loutgis
Sul fioc lou pairol que boullis.
　　　　　　Andriuo.
Mathiuo , tu fios mon amigo,
Vela perque cal qu'yeou t'ou digui
Tant m'a roudado aquel Mouffur
Qu'enfin m'a fach cauque malheur.
　　　　　　Mathiuo.
Per aquo plouros , fios tu fado ,
Et te fentiffes empachado ,
Yeou te proumetti de boun cor
De te ferui commo ma for.
　　　　　　Andriuo.
Yeou me fenriffi l'eftoumac
Que me fa toufiour tric & trac,
Yeou fioy molo commo vno roffo
Sembli ma meftreffo quand es groffo.

Mathiuo.

Ha pauro, quicon as dedins,
Pey qu'as danffat lous matacins,
S'oun t'efterignes an la courdello,
Tu t'ouuriras commo vno mello.

Andriuo.

Vn autre cop t'où diray tout
Se te play d'oun ne fonna mout,
Anen nous en an las houteillos
Me cal ferca defia de peillos.

La Fontaine ne coule plus.

Voüy laffo qu'es ayffo d'ayff
La Fontayno a tournat tary,
Pauro de Dieou que faren aro
Calra tourna fa la tantaro
L'on difio que lou Fonthynie
Ero tant brauo à fon meftit,
El a fach vno brauo proyo,
De nous douna ta courto joyo.

Le Fontainier.

Chambrieres ne vous faſchez point,
Ie remettray tout à bon point,
Quoy que l'on diç ou que l'on faſſe
Ce n'eſt rien que quelque creuaſſe,
I'aurois fait plus ſubitement
Mais que i'eſtoit à Capeſtant.

Andriuo.

He mon Dieous remedias y,
Ou yeou m'en boou layffa mouri.

Peyrouno.

Andriuo , tu non creyrios pas
Que quant t'ay vifto per de tras
Yeou ay fach ta grando courrido
Que defpeys froy touto aualido,

Andriuo.

Et que , Peyrouno , a y re
Que me volguos fayre faue ,
Tu faues be que tant que yeou viuo
Te podes pla fifa d'Andriuo.

Peyrouno.

Ha pauro , aiffo es vn grand malheur ;
Lou gougéat de noftre Mouffur
M'a tout vn mes may tourmentado
Qu'vno pauro armo qu'es dannado,

Andriuo.

Vn gougeat es de boun vira ;
Yeou pauro ay be mays à fa,
Car , las mon Dieoux , la groffo caufo
Mouffur noun me laiffo pas paufo.

Peyrouno.

Incare fe paffario be
S'aquelles gens dounauou re ,
Non pas miege cano de tello,
Argen , ny raubo , ny gounello.

Andriuo.

Poudes dire que fou bourgals
On nous pren per de cabeffals ,
Anen nous en aro Peyrouro ,

Et paſſaren pres de l'androuno.

Andriuo.

Mathiuo, perque courres tant,
Tu me penſos paſſa dauant.

Mathiuo.

Yeou eri ayſſi, touto premieyro.

Andriuo.

Tu n'as mentit qu'eros darrieyro,
Noun me paſſaras pas dauan,
Pus leau nous eſcarpenarian.

Mathiuo.

Be ſe veyra cal ez pus forto
Yeou aymario may eſtre morto
Qu'oun pas me layſſa ſarla ley,
Tu noun ſeruiſſes pas vn Rey.

Andriuo.

Que te ſeruis d'eſtre tant fiero,
Quand cal que beguos ſa coulero,
Be veyren ſe me fas empach
Cal a tetat de millon lach.

Mathiuo.

Yeou pouſaray que que ne venguo,
Ou te faray mourdi la lenguo,
Garo d'aqui.

Andriuo.

Garo te tu,
Bon pagaras, toquo tout pu.
Tu m'as coupado ma bouteillo
Villeno mandro, ſuc de treillo,

D 5

Se non me pagos so que val
T'escriffaray tout lou vantal.

Mathiuo.

Et tu villen goullamaffas,
Tu m'as grafignat tout lou nas,
Puto, bagaffo, mal creado,
Laiffo m'ana le cabillado.

Mathiuo.

La cabillado, gros fangas,
Obbe quand tu me paguaras,
Paguo me pus leau la bouteille
Se vos que te laiffe la peillo.

Mathiuo.

Cago à la facco, laiffo me,
Ye ou noun t'ay fach ny mal ny be,
Groffo vileno, maiffudaffo,
Furo cantous, mange fougaffo.

Andriuo.

Barbudaffo, tu faues be
Que tu noun fios pas re de be,
Tourno-t'en anaquel Vilatge
Que fagueros aquel mainatge.

Mathiuo.

Et tu, prenfoyo, qu'as-tu fach,
Agacho s'oun as pas de lach,
Apresto defia de bourraffos,
Tu fios al reng de las bagaffos.

Andriuo.

Tu n'as mentit, gros couloubras,

Vileno , souyro , goullamas ,
Per la paraulo qu'as dich aro
Yeou t'auray lou nas de la caro.

Mathiuo.

Passieou de Dieou , & noun te truffos ,
Vileno rasso de bauduffos ,
Que saurios tu vale iamays
Tu sios las sobros des laquays.

Mathiuo fait sauter la gailloufarde d'Andriue.

Es aco ton estat, cama do ,
De te cargua la gailhoufardo ,
Tu qu'oun as pas d'assegurats
A ton poude quatre patats.

Andriuo.

On ay be , ta fiebre cartano ,
Que te tourtoüire vno semmano ;
Lembegeo te fa trayre mal ,
Quand vezes que ypou commo cal
Tu noun as res aqui que veyre.

Mathiuo.

Et tu lusisses commo vn veyre ,
Cal be dire se vales pauc ,
Per sa milhou vale lou trauc
Tu te fordos per estre bello
Et coucrofayre la pieusello
Tu te fas las cilhos cado mes
Et gastes de fard & d'empes
Per t'accoutrà cado semmano
Mays qu'vn troupel noun sa de lano ;

Andriuo.

Tu nas mentit gros fangaffas,
L'on vey be qu'oun ne cargui pas;
Gardo te tu groffo maffipo,
D'oun prene del fard de la pippo,
Cai tout lou monde fap be pla
Que tu ten faues ajuda.

Mathiuo.

Que vos tu dire vilenaffo
A quo fios tu l'embriaygaffo,
Tu te deourios defia cala.

Andriuo.

Mange fo que te fa parla,
Gros fac de vy, moüiffal de pippo.

Mathiuo.

Et tu faumaffo, nas de trippo,
Cap de vedel, front d'archibanc.

Andriuo.

Et tu bel pel de chiual blanc,
Cambos de fus, nas d'arencado
Tu podes be fayre bugado
Pe de bourdo, bras degoüillat,
Col de figuo, voix de goujat.

Mathiuo.

Et tu bel quionl de vaque magro;
Mourre de porc, pe de poudagro,
Tu as la mas comm'vn veyrat,
Quand es efta: embaquounat.

Andriuo.

Parlo de tu bello magino,
Qu'as vn paquet de tras l'esquino.

Mathiuo.

Yeou l'aymi mays aue de tras
Quu'oun pas dauant commo tu l'as,
Lou ferre blanc, & la jounquino
Non toquo ré founquo l'esquino :
Mais tu vileno ton paquet
Te fa veni commo vn bourdet.

Andriuo.

Tu n'as mentit vilene masquo,
Rougnousasso pleno de rasquo,
Col replegat, froun raffidas,
Vileno gauto de millas,
Tourno cargua de tras la tino
D'estalinarios fur l'esquino,
Quand ta meftresso t'y trouuet
An lou laquay, que me diguet.

Mathiuo.

Et tu defpeys que fios en vido,
Quanfes cops fios eftado auzido,
Villeno bullo, tourno t'en
De tras aquel mouly de ven.

Andriuo.

Tourno t'en tu freta bazanos
Dedins lou recq de Fonceranos,
Aquel bandié que t'y trouuet
Tu faues be qu'ou me diguet,

Tu non fios qu'vno courrediffo
Vilen cabas, quyoul de nouyriffb,
Gorge de four, croquo lardeus
Leque padenos, mange tourrous,
Vilon fugomas de tauerno,
La grand gourjaffo te gouuerno
Commo aquellos del cap del pon,

　　　　　　Mathiuo.

El cal qu'yeou te faffe vn affion
Per fourti d'aquefto difputo.

　　　　　　Andriuo.

Calo, bagaffo.

　　　　　Mathiuo,

Calo te, puto.

　　　　　Andriuo.

Couffi puto, yeou te faray
Cauque malheur fe parlos may,

　　　　Peyronne les fepare.
　　　　　Peyrouno.

Layffas aquo, fes vautros fados
Vefés couffi fes accoutrados,
Aquo es vn' honto, l'on aufis
Tout fo que per ayffi fe dis.

　　　　　　Mathiuo.

Peyrouno. yeou noun voli pas
Endura d'aquel cabaffas,
Ello porto, la gouffo caudo,
Son bel paquet dejouft la faudo,

Andriuo.

Vileno masquo incaro may,
Toufiour diras se quo te play,
Yeou ly fario quauque doumatge
S'yeou voulio creyre mon couratge.

Peyrouno.

Qu'aquo fio are tout darrié,
Ayssi s Peyre l'alabardie.

Peyre.

Qu'es tout ayffo qu'aues que semblo de gra-
niffo,
Vautros commensas leau de troubla la pou-
liffo,
La Ville a be pousgut emplega tant de tens
Per vous fa veni l'ayguo à dous dets de las
dens,
S'aro vautros voulez an voftros cridaleftos
Defferuela las gens & Dimenges & Feftos,
El ages valgut maps per lou coumun repaux
Qu'on noun ages pus vift ragea l'ayguo des
traux,
Et qu'o l'ages menade al pres de las coullieiros
Qu'oun pas d'aufi lou bruch que menou las
e'raubeicyros,
Aquo's vne vergoüigno, l'on non aufirnes pus
Que mill & & millo mais defpeis qu'auen lou
flus
C noun pot res aufi qu'aquestos farpatanos

Ellos fo ou mays de bruch que toutes las cam-
    panos,
Cauque malheur védra fus l'aygo que beuen;
Se las maledictions n'oun voou tôba pus len,
Foro d'ayffi, canaillo, prenez voftros bou-
    teillos
Non faui que me ten qu'oû frete las aureillos
Que pourtas fus lou cap, ambe tout lou four-
    reau,
Ou qu'oun vous mene en part que l'ay langui-
    rez leau.   Mathiuo.
Cal noun ririo d'aufi las paraulos que difou
Vous las voyrias toufiour qu'vn cop plourou,
    vn cop rifou:
Iamays non an repaus, elos parlou toufiour
Ou be per aué d'aygue, ou de quicon d'amour,
Se peltirou tous pels, fe grafignou as gautos,
Et fan vn grand recit de pecats & de faufos:
Bref, s'ellos oou de caps que fioou vuides de
    fen,
Qu'en pot-on efpera que paraulos & ven:
Noun vous eftounez donc fe noftros caga-
    raulos
N'ou vous an re dounat que ven & que pa-
    raulos,
El cal accoumouda fon perpaus al fujet
Et fourma fon difcours fuiuant qu'on a lou
    fet.

LE
IVGEMENT
DE PARIS.

Fait par M. Bonnet Aduocat.

PROLOGVE.

PRES *tant de malheurs dont les*
guerres ciuilles
Abattent les plaisirs qu'on voyoit
dans nos villes,
Apres mille sanglots, apres mille
seuspirs,
Esleués dedans l'air sous l'aisle des Zephirs :
Vous verrez maintenant nos ieusnes exerçices
Rapeller du tombeau nos antiennes delices ;
Laissent dans le plus creux du funebre cercueil,
(Pour n'en sortir iamais)la tristesse & le dueil ?
Or Messieurs, vous verrez Paris au beau visage,
Ietter mille sanglots dans l'obscur du boccage,
Pourchassan la beauté d'Enone qui le fuit,*
Et qui va dedaignant celuy qui la poursuit:(stre,
Vous verrez d'autre part, Colin Berger champe-

Qui des humides pleurs fera les plaisir naistre,
Mariant le Berger à la rare beauté
De la Nymphe aux yeux vers vuide de cruauté:
Cependant le Courrier de la voute azurée
apportera le fruit d'une pomme dorée
A Paris le Berger, & vous verrez Iunon
Pourchasser la beauté de ce noble guerdon :
Minerue d'autre part d'une sage eloquence
Demandera le pris de cette recompence :
Venus qui parle peu monstrera ses beautez
Qui ne cedent en rien aux Celestes clartez,
Et dira que le droit d'vne Iustice entiere
Luy promet le present pour en estre heritiere :
Enfin ce beau Troyen à qui le Dieu des Dieux,
A remis à desdain ce differant des Cieux :
Prononcera les mots d'vne belle sentence
En faueur de Venus, laquelle en recompence
Luy fera delaisser son rustique troupeau
Poursuiure les ap   d'vn amour tout nouueau:
C'est pour lors qu'on verra Enone gemissante,
Desirer la prison d'vne tombe relante,
Et d'vn poignard meurtrier, ennemy de sa main,
Saccageant l'estomach, s'enfanglantant son sein:
Colin tout estonné d'vn acte si notoire,
Par ses tristes regrets finira nostre histoire.

PARIS.

Le seul souci d'amour tient mon ame enlassée
Dans les fascheux liens d'vne morne pensée,
Le soin de mes anneaux est l'ennuy de mon cœur

Despuis que ce tyran s'en est rendu vainqueur,
Ie n'ay plus mon esprit à voir mes brebis paistre,
Despuis que Cupidon s'en est rendu le maistre,
Que ie viuois content exempt de passion
Logeant sur mon troupeau ma seule affection,
Suiuans à petits sauts ma trouppe s'amusette
Aux fredons animez du son de ma musette,
Ie n'auois autre abiect que sa blanche toison,
Mes yeux n'auoient rien veu qui m'eust blessé la raison,
Heureux si i'eusse peu dans ce bois solitaire sont
Deuiner le pouuoir de l'enfant de Citere,
Et viure en ses forests comme i'ay fait tousiour,
Exempt de passion, insensible en Amour :
Mais cét aueugle né, archer impitoyable,
Il se monstre par tout puissant & redoutable :
Sortant des Cœurs des Roys il deuient boscager,
Hore blesse vn grand Roy, hor vn pauure Berger,
Ainsi parmy ce bois il a dressé son trosne,
Et allumé son feu dans les beaux yeux d'Enone,
D'Enone que ie sers, belle Nymphe des bois,
Qui tient ma liberté captiue dans ses lois,
Enone mon soucy, Enone impitoyable,
Qui se rend rigoureuse autant qu'elle est aymable?
I'ay quitté mon troupeau pour la chercher par tout
Errant dans la forest de l'vn d'l'autre bout :
Mais elle qui se rit de mon ame captiue,
Fuit tousiours deuant moy errante & fugitiue
Ha la voyci venir cet astre qui reluit,
Elle m'a recognu, voyés comme elle fuit,

Il faut que i'alle apres, & que cette inhumaine,
Ou me donne la mort ou la fin à ma peine.

ENONE.

Paris tu n'auras pas sur moy nul auantage,
Que tu n'ayes le cœur ainsi que le visage :
Les hommes sont si feints, que pour nous deceuoir
Iurent cent fois en vain l'amour & son pouuoir,
Et sous leurs faux sermens & fallaces subtilles,
Gaignent ainsi les cœurs qui se moustrent facilles :
Ce n'est pas que mon cœur ne soit d'amour espris
Pour ce gentil Berger le mignon de Cypris ?
Mais c'est que ie veux voir si sa perseuerance
Merite de mon feu la claire cognoissance :
Ie le tiendray caché me suiuant-il tousiour,
La parfaite amitié se gaigne par amour :
Mais helas si ie fuis, peut estre que ma fuitte
Le faira desister de sa longue poursuitte ?
Peut-estre que le feu dont il se dit espris
S'esteindra peu à peu, & le vent du mespris,
Poussé du desespoir, qui sçait si d'auanture
Il me fuyra tantost si ie le fuis asteure ?
Que dois ie faire helas ! dois-ie cacher tousiour
Sous vn voille si clair vn visage d'amour ?
Puis-ie dissimuler vne douleur extreme ?
He qu'il est mal-aisé de fuir ce qu'on ayme ,
Enone Enone,

ENONE.

Quelle voix enten-ie ?

PARIS.

Enone ou es-tu

ENONE.

Il se faut rendre helas!c'est assez côbattu,
C'est la voix de Paris, ouy, ouy, c'est elle,
Enone est son refrein il me nomme & m'ap-
      pelle?

PARIS.

Enone c'est en vain que i'erre dans le bois,
Et que pour t'appeller i'ausse ma triste vois
C'est en vain que i'espans des torrens de
      mes larmes.
Ton cœur ne se rēd pas à de si foibles armes?
Ie ne suis point Enone un Faune de ce bois
Auec le pied bouquin mal propre & mal
      courtois.
Vn Satyre cornu, vne beste sauuage,
Ie suis vn Citoyen de cet ancien bocage,
Les Nymphes de ce bois adorent ma beauté,
Et ont autant d'amour que toy de cruauté :
I'en ay veu maintefois, ce n'est pas moquerie,
Et se plaisent d'entrer dedans ma bergerie,
Et pour me faire honneur ainsi qu'aux
    Dieux Siluains   (leurs seins:
Me couronnent des fleurs qu'elles ont dans

Et toy seule me fuis Epone impitoyable,
Ie ne trouue que toy qui soit inexorable,
I'auois mi mon espoir en toy tant seulemēt,
Qui pouuoit mettre fin à mon cruel tour-
     ment ?

Echo fille de l'air, Nymphe repatitiue
Accōmodé à ma voix ton oreille attentiue,
Et fais que reposant sous l'ombre de ce bois
I'entende raisonner les accens de ta vois ;
Dis moy quel est le cœur de la Nymphe vo-
     lage

     Qui me dōne en fuyant vn si triste presage,
                               sage

Mais quoy en dédaignant mon amoureux
     brandon   -- non
Ne s'acquiert-elle pas vn barbare renon ?
Helas Nymphe di moy que dois-je donques
     faire
Pour flechir la beauté que mon cœur deses-
     fere   -- espere
Et que peut esperer vn pauure seruiteur
En l'inhumanité d'vne telle rigueur, -heur
Te mocque-tu de moy ; si ma Nymphe est ra-
     belle   (relle ;- elle
     Que me pourra guerir du mal qui me bour-

J'attendré donc encor erxant dans la foret
Cét heur nõ asseuré que sa voix me promet.

COLIN.

Yeou intri volontiés sanso tusta la porto,
Vous-vous fasez cercacóme vne espillo torto
Despeis quatre ou cinq iours voftre pauro
    troupel;
A l'ou ventre curar cóme vn quioul de capel,
C'eft vne cor doulou de veyre voftres fedos,
Despeys dous ou tres iours teounos comme
    de bledos;
Lou loup vous a manjat despeys que nã y ies
Dous moutons, tres anmiels & quatre bertiffes
Fafes aro l'amour apres aquel carnatge,
Anas aro ferea de lach & de fromatge:
Despeys qu'vn cop lou loup s'y es aftiandié
Yeou non dounario pardo la tefte ¡ vn ardit ;
l'auc de fedos auen con las ajo embourados,
Coucy poyriou manja quand lou fant, ef-
    frayados,
Aues-vous vift iamay vn braue Paftourel
Perdre cinq ou fieys iours de viftos só troupel
Per lou mans deujas vous atendre ma végudo,
Que podòu falou chis fon an vn paucd'ajude
Et s'on non lous incitte en cridan ô pillart,
Lou loup pot be caufi & fayre belle part,
Lou maftis quant y es fougis cóme vne lebre,
Iamay non la feguit fans vn exces de febre:

L'autre iour vn gros loup lou mordiguet al-
   quioul

Defpeys à tant de poou que lou diables y
   boui,

Aro erc lou milhou cajeffen dins la iaffo,

Valdrio may qu'vn moutou fous eftat en f.

Atabe defenpeys es dedins lou carras (plaffo,

Que non pot pas ana ny dauan ny detras.

PARIS.

Colin, mon cher Colin, pleût aux Dieux fuft · c
   moy :

Car auec mon trefpas finiroit mon efmoy :

Ie ferois plus content d'affouuir cett: rage,

Que viure plus long temps dans ce trifte feruage

COLIN.

Paris, dont vous doules, ouures me voftre cor

Vn amic en amour val may qu'vn gros trefor;

Yeou ay vift de mon tems per aquéftos mon-
   tagnos

Qu'yeòu la fafio peta cóme bellos caftaignos

Lou gran Pan per fringa prenio lou pus fouué

Per ana fa l'amour mon fimple habillamen :

De fayre de bayfas yeou ne fafio trufeo,

D'aqui ven la Canfou que *Colin t'a baifée :*

Defpey que la vertut m'es fortido del cos,

Yeou non ay pus de dens per rofigua aquel os

L'aduis & lou confifel m'es demourat en tefte

Et l viarge del tens m'a fach perdre lou refte :

Cófeilas-vous de yeu, car en fach de l'amou

                             Dauan

Dauan mettre lou pa cal efcauffa lou four.

PARIS.

Colin , elle n'eſt pas vne ſimple bergere ,
C'eſt vne belle Nymphe fille d'vne reuiere ;
Vne Nymphe aux yeux verts, qui paſſe ſi ſouuent
Au trauers du troupeau vitte comme le vent.

COLIN.

Digas m'vn pauc ſon nom.

PARIS.

Elle s'appelle Enone.

COLIN.

Aquello que fougis quand lou môde la ſóne,
Paris , non vous troubles , & laiſſas m'vn
      pauc fa ,
Dauan que ſio tres iours yeou la voli couffa.

PARIS.

Elle a tant de rigueur.

COLIN.

      B'es prou rafaſtinniouſo ,
Mays on n'a pas baſtit dedins vn iour Tou-
      louſo ,
Be vendra pauc à pauc , car yeou ſaui lou
      biays
Per adouſſi lou cor comme de fin cambrays.

PARIS.

Elle ne fait point cas de ma perſeuerance.

COLIN.

La belle Magaloneen Pierre de Prouence
Vous deouriou côſoula:car vous qu'aues legit

E

Saures que pratiquet aquel paûre marrit.

PARIS.

Enone a la beauté qui la rend desdaigneuse.

COLIN.

Guaro tabe del fioc quand la beautat l empuse.

Enone à sans de feu.

COLIN.

Non pas aquel d'amour,

Car Tetis dins la mar es caude côme vn four.

PARIS.

Elle va mesprisant & l'amour & ses flecbes.

COLIN.

Garo qu'aquelles fou fouuen las ous leau
queches

Mays chut, layssas me fa, patientas vn pauc,

Cachas vous comme fa l'estaliranio al trauc,

Vous beses qu'en callan elle souué s'ëboufco,

Et fortis tout d'vn cop per fauta fur la moufco,

Anas vers lou troupel, & gardas lou beftial,

Non bouges pas d'aqui, & fales fo que cal,

Las Nymphos van caffa al bort de la rihieyre,

Enene cado niech s'y va rendre premieyre.

PARIS.

Allez-y donc, Colin, & dités luy comment

Ie suis pour son amour en extreme tourment;

Dites luy, cher Colin, que Paris le supplie

De luy donner l'Arrest ou de mort ou de vie.

COLIN.

Lou troupel es tout foul, & lou pichot pillard

Tant leau que véy lou loup fougis comme vn
  raynard :
Non bouges pas d'aqui, yeou faray l'ébassado,
Elly semblo desia que la ter embrassado,
Que dirias de l'amour quand vn cop a fasit
Vn paure Pastourel que le troub escondit,
C'est vn grád mal de cap d'aymá son enemigo,
Et de ly fa dauan tousiour lou col de figo.
De vicoure comme aquó, & perdre aytal son
  tens,
Valdrio may cauques cops se derraba las
  dens,
On souffris ben souuéft las penos de Tátalo,
Per serui niech & iout vne grosso caucalo ;
May que fau yeou aussi, acos prou discourit,
Las Nymfes ban cassa quand lou bal a finit :
Non troubatio pas yeou Enono per ly dire
L'affecticou de Paris, son mal & son martyre,
Yeou cresi quel se fon despeys en languirnen,
Commo vn bouffi de seou sus vn carbon
              E N O N E.   (broufen.
Quelle Nymphe iamais vit-on plus malheureuse
Qui payat plus que moy la peine de sa ruse ?
Quelle Nymphe iamais a plus que moy appris
Combien luy couste cher la fuitte & le mespris :
Paris ie t'ay fui, i'ay mesprisé tes plaintes
Craignant que tes sanglots fussent des larmes
  feintes,
Si-tost que la pitié m'a donné dans le cœur,

              E 2

Et que i'allois tirer ton esprit de langueuv,
Ie ne t'ay point trouué dedans ta bergerie,
Tu te tais maintenant, & pauurette ie crie:
I'ay couru tout le bois & n'ay rien plus trouué
Que ton nom & le mien, sur les arbres graue:
Les promesses d'amour sur les tendres escorses,
Ont ietté dans mon cœur de mortelles amorces,
Tous les arbres du bois où tu fais ton séiour,
Porterent à iamais la foy de ton amour:
Si le mien t'est caché, Iupin void de son trosne
Qu'Enone aime Paris, plus que Paris Enone.

COLIN.

Enone, Dieous vous gard.

ENONE.

Colin, vous estes là.

COLIN.

Yeou vous ay de fort len entendue al parla.

ENONE.

Où allez?vous si tard?

COLIN.

                Yeou m'en bau à la casse,
Car lou paure Paris es malaut dins la iasse,
Despeys quatre ou cinq iours, de sorte que
    me cal
Cassa quicon de bou peys que se trobo mal.

ENONE.

Et dequoy se plaint-il?

COLIN.

                Se plan de mal de teste,

Mays peys que lou cap dol, be dol toute la
reste.

ENONE.

Ie voudrois de son mal estre le Medecin.

COLIN.

Voudrius lou visita?

ENONE.

Ou ie meure Colin.
Io le visirerois, car il est tant aimable
Que ie n'ay iamais veu berger si agreable.

COLIN.

El parle be d'amour en tout son mal de cap.

ENONE.

Où est-il amoureux?

COLIN.

Lou Diables sio cou sap.
El mensoune soubé cauquo Nymphe cruelle.

ENONE.

Mais vous ne sçauez-pas, Colin, côme il l'appelle?

COLIN.

Non sabi res d'aco, el dis be prou souuen
Qu'aquello lou fougis pus vitte que lou ven,
Et que se moco d'el touts lous cops qu'el la
sonne.

ENONE.

Il a souuent escrit que Paris aime Enone
Es arbres de ce bois, mais enfin i'ay douté
Que pour vn tel berger i'ay trop peu de beauté:
Il m'a dit maintesfois, Enone, ie vous iure

E 3

IVGEMENT

Que vos yeux m'ont blessé, voulés-vous que ie meure
Mais l'infidelité commune des amans . . .(re:
M'empescha d'écouter ses amoureux sermens.

COLIN.

Per el vous pouyrias bede moura assegurado,
Qu'on gaignario pus leau ban Gell peubeso
lado :
Car yeou ay counouscut Paris tousour fidelo
Franc comme vne fedasso , & doux comme
vn anniel.

ENONE.

Ce feu peut-estre est mort, le mespris lei ainsupies

COLIN.

Be cal que n'y age pauc s'en busan non s'a-
lume,
Mais non languigas pas, yeou lou boou sa
beni,
Cepandant vous poudez m'atendre per ayssi.

COLIN.

Paris, Paris, venes, sortes deforo
Et fases vitomen, Enone vous demoro.

PARIS.

Bar vostre foy, Colin?

COLIN.

Certes ou poudes creyre.

PARIS.

Ie n'en puis croire rien.

COLIN.

Venes ou donquos veyre.

PARIS.

Enone, s'il est vray que lasse de mes pleurs
Vous veüilliés par pitié soulager mes douleurs,
S'il est vray que vos yeux veüillent calmer l'orage
Qui vient de vos dédains, où se faisois naufrage ;
Ie beniray cent fois cét acte glorieux,
Et le doux changement du regard de vos yeux :
Ie beniray le iour que i'ay par la poursuite
De mes affections surmonté vostre fuite.

ENONE.

S'il est vray que mes yeux ont causé vos douleurs,
Ils ont déja lavé leur faute auec mes pleurs,
Et si par mon mépris vous ay fait quelque offence,
Paris, il y a long temps que i'en fais penitence.

PARIS.

O faueur des faueurs, dont les plus beaux esprits
Des amoureux Bergers ne peuuent estre epris :
Enone, mon Soleil, ne soyés plus farouche,
Et ne suffoqués plus le brandon qui vous touche,
Ainsi parmy ce bois le petit Cupidon
Charmera nos plaisirs d'vn ombrageux guerdon :
Ainsi sous les rameaux d'vn ombrageux boscage
Nous cueillirõs les fruicts d'vn heureux mariage :
Permettés cependant que ie baise vne fois
Ces levres de coral qui vont donnant de lois
A mes chastes desirs.

ENONE.

Vostre bouche de rose
Ne doit pas demander vne si triste chose.

COLIN.

Ayſſo non pouyrio pas ana millou que va,
Peys qu'au :s commençat es raſou d'acaba,
Intras dedins lou boſc & iouſt cauquos om-
　　brettos
Refreſcas la calou de voſtros amourettos,
Be veſes que ſeruis vn pauc d'intelligenſo,
Et de communica ſo que lou cor ſe penſo,
Non pas mouri d'amour, tené cachat ſon mal,
Et ſouffri de pruſous dejouſt lou dauantal,
Tranſi, ſeca, brulla comme ſur la graſillie,
Senti las pruſezous qu'engendro la gratillie :
A quelle paure Enone ero morte d'amour
S'on ages ſach ſourti la fumado del four :
Yeou m'en bau dins lou boſc per veyre s'elle
　　es laſſe
Deſpeys aquel maty del plaſe de la caſſe.

MERCVRE.

La Cour de Iupiter eſt ores aſſemblée
Pour faire le banquet des nopces de Theſée,
Le banquet eſt dreſſé, & deſia tous les Dieux,
Pour s'y rendre ont quitté le grand Palais des
　　Cieux,
Le banquet eſt dreſſé au mont de Theſſalie,
On cōmance à grands traits d'y boire l'ambroiſie,
Et le diuin nectar aux belles coupes d'or,
Ce n'eſt vne montagne, ains vn riche treſor :
Ie prendray maintenant mon vol à force d'aiſle,
Vers ce lieu pour renoir cette nopce nouuelle.

COLIN.

Yeou veni d'escouta del troupel vne cride,
Que dis à mon auis que Thetis se maride,
Et que touxes lous Dieoux y seran inuitats,
Sans doubte se faran de festins delicats :
El me cal donc sabe se lou repays s'apreste,
Car beleau mous moutous seruirou à la seste,
Aquest drolle que ven mostro be qu'el ou sap
Ambe sa lardadouyro & las ploumos sul cap.

COVSINIE'.

Yeou veni de quitta vne noblo compagnio,
Que fasio resplandi lous rocs d'vne mótanio,
Toute la Court del Cel iusques al mendre
  Dieou
Fasioou may de coumoul que las mousquos
  d'Esticou ;
Iupiter tout premié ambé vne belle iouppe
Parissio may que cap que souguesso à la troupe
Vous cal saupre pus leau perque s'erou as-
  semblats,
Et sçaures tantacan toutes mas qualitats :
L'autre iour se passet contract de mariatge,
Aco se sap per tout iusque al pichot mai-
  natge;
Thetis a dedaniat Thesee cauque tens,
Enfin an espousat per sa menti las gens :
De sorte que per sa pus belle aqueste feste,
On a fach inuita toute la Cour celeste :
Et per fayte vn banquet friant & dalicat

On m'a fach apela, & yeou fay fouy anat,
Aro be co inoyffes fans pus longa doctrine,
Que fouy Meftre jurat à l'Art de la Coufina.

COLIN.

Vous fes lou Coufinie que deou fa lou ban-
    quet,
Vous dirias qu'ayffo va comme l'anel al det,
Me vouldrias vous crompa per fayre aqueloſ
    noffes
Tres annicles qu'yeou ay que fou de las pus
    groffes.

COVSINIE'.

Lou banquet es romput, lous Dieous fe fou
    leuats,
Elfes non penfou pus à falfa dins lous plats:
Iupiter a changeat de loc & de paraulo,
Aro nou railliou pus lou ventre contre taulo,
Yeou vous racótaray tout fo qu'yeou ay aufit,
Affin que cadafcun ne faifo fon proufit:
Las noffes qu'on a fach erou tant folemneles,
Que callio qu'en fin tout anes per efcudeles,
Lou banquet del feftin es eftat general,
Per afi que degus non s'en fapiefto mal,
El es vray qu'en anan coubida la Deeffo Con-
    corde,
An quittat à deffein la Deeffe difcorde,
Sanfe li dire ré afin que fon caquet
Non troubles lou repaus que demande vn
    banquet:

Touxés lous coubidats crou d'humou iou-
    youfo

On non y boullioou pas vne fenno renoufo:

May elle que lapiet lou deffein d'vn chacun,

Tenguet fon fioc fecret fafip, mouftra lou fū,

Et per milliou troupa de faifz homicides ,

Sen anet promptamen veyre las fperides,

Et fans communica la calou de fon cor,

Se faguet en flacan douna vne pomme d'or,

Quand elle aguet vn cop la pomme dins la
    poche,

Elle tournet intra vittomen dins la coche ,

Et peys piquet fi fort lous chiuals del fūët,

Que dins lou mefme iour arriuet al ban-
    quet :

Et per troubla la fefte & fayre vne querelle,

Efcriguet fur la pomme elle es per la pus
    belle :

Or penden que lous Dieous crou touts atau-
    lats ,

Et qu'vn chacun auio las ongles dins lous
    plats

L'vn beuio de nectar & l'autre d'ambroifie,

Et qu'on non aufio res qu'vne grand melodie

Elle gitat alors la pomme per lou fol,

Si be qu'on fe penfet à qui rompre lou col ,

Tout lou mōde quittet la taulo per y courre :

Cadafcun y voulguet aprocha vn pauc lou
    mourre

Yeou queri al pe del fioc en aufen la rumou
Sorty de la coufino & preni vn gros tifou,
Et courri comme vn fol a traues de la preffe,
Aro butam vn Dieous aros vne Deeffe
Talomen qu'a la fi yeou vegeri Iunon
Que per touca la poume aget vn cop de pon,
Et fanfo Iupiter el erou tres Deeffes
Que fus aquel debat fanabou mettre en peffes
Iunon toute enfumade defio per fa rafou
Qu'elle auio meritat d'auere aquel hounou:
Minerue d'autre part difio que fa fcienfo
Randio dignes fas mas d'aquelle recompenffo
Venus tout en rifen monftrauo fa beautat,
Et difio qu'aquo foul li dounabo ganniat,
Et que fenfo rafou voullioou fa vne querelle
Peyffos caquel efcrich la donno à la plus
        belle:
Bref iamay non fe vift tal degatiniamen,
Ellcs menauou vn bruch comme vn mouli
        de ven:
Iupiter eftounat cóme vn fondur de cloches,
Laurias vift fus vn banc an las mas dins la
        poches
Com fauio iugeat fur aquel differen:
Car l'on tenio defia fufpet fon iugamen,
Enfi per appayfa aquelles tres ponchudes,
Iupiter a tant fach qu'elles fou refoulgules
De prenne per arbitre vn iouyne Paffourel
Lou pus iufte garfou que vifco nerift lou Cel,

Qu'où a iamais hantat de milhounes com-
    pagnios,
Qu'vn troupel de moutons fus aqueſtos mon-
    tagnios :
Lous Dieous l'an be nomat , & creſi à mon
    auis
Qu'el ſe deou appela Alexandro ou Paris
Fil d'aquel Rey Priam , preſarge de la guerre
Que deou fa parla del & per mar & per terre,
On na dich tát de be que s'yeou ſauio nont-es
Yeou lianirio bayſa lous pes cinquante ſes :
Mercure es delegat an ſous talous de plóme
Dana trouba Paris & li porta la pomme :
Elles tres y ſeran, & ſes dins la foureſt,
Non ſen tournaran pas ſans ne porta l'Arreſt
Car cadune ſe crey digno d'aquel trophée,
Vela ſo que troublet las noſſes de Pelée.

COLIN

Cal aproufitara la viande qu'es as plats.

COVSINIE.

Tout acos auen mes à la merci des cats.

COLIN.

Non pouyrio pas yeou fa cauque tour de
    couſino
Per crouca per lou mens carco alle de galino
Et trépa vn pauc las mas dedins la coupe d'or
Per de cauque nectar me reſiouy lou cor ,
Acos vn grand pecat que la viando ſe gaſte.

COVSINIE.

Se vous fouſſes vengut per fayre rouda laſte,
Yeou aurio emplegat mon credit ma fauou
Per vous fayre bailia l'eſtat de marmitou;
Aqui ageſles viſt toutq ſorte de viandes,
Grand cantitat de plats & de ſalſlos ſiandes,
D'auſlels de Paradis ſe naſies viſt iamays,
Et feſſo bennarits que ſe ſondioou de grays,
De fayſans, de perdris, du coulõs, d'a aureſte,
Et de pichots pouleis tendres comme d'her-
        bettes,
De counils, de lebraus ſi grande quantitat,
Que mou calguet gitta per foſſo la miſtat
Quand lou bruch arriuet dins aquelle aſſem-
        blado,
Yeou faſio dins lou plat vne cappilotado:
Bref chacun coumenſabo de s'eſpandi lou cor
Sanſo lou differen d'aquelle pomme d'or:
Malheurouſo inueſieou d'vne vieſlio carcaſſo

COLIN.

Perqne non counid beu aquelle renouſaſſo,
El fa mal dedannia vn couratge mutin,
Lou meſpris fa boumi la ratge & lou venin,
On la poudio fa mettre aual al fonds de raulo
Lous Dinaus eſcoutei be crida lou cat quand
        miaulo.

COVSINIE.

Acos es aro fach, lou bruch es apayſat,
Car comme yeou ay dich Mercure es delegat,

Per las y'men a toutos bôme cauque bon astre
Iusques qu'aуran troubar lou troupel d'aquel
    paſtre :
Que de bruch va ſorti d'aquel pichot treſor,
Meimomen ſe Iunon non a la pomme d'or :
Paure Paſtourelet, te ſçauios la paraulo
Que Iupiter a dich acouy dat ſur la taulo ,
Tu fougirios l'ounou d'aquelles Deitats,
Que te faran loufſri mille incommoditats :
Vne pomme es trop pauc per aqueles tant
    gloutes   (tes:
El t'on caldrio abe tres per las contenta tou-
Caſſandre dis per tout quand la furou la pře
Qu'aquele pomme d'or ez pleno de tourmen;
Et qu'el te valdrio mays per rocs & per mon-
    tanios :
Garda lous annielets, & mangea de caſtanios
Qu'oun pas d'abe l'ounou de douna aquel
    arreſt ,   (teſt :
Car enfin ton malheur deou eſtre al fons del
Yeou ſouy be Couſinié, bela ma lardadouyre,
Ma: aymario be mays d'abe tres iours la
    fouïre
Qu'on pas d'abere en ma aquelle coumiſſicou
Vn home pot el fa ſo qu'on pot fayre vn
    Dieou :
Viue lou Couſinie , qu'on a res pas en teſto
Que de fa jutj imen quand la viando s'apreſto,
Ambe la palo en ma prononſo ſon arreſt ,

Et dis anas feruy quand bey que tout es preft:
C'eſt vn oraué meſtie, pouruen que la couſino
Age ſon plen ſadoul de grayſſo de galino:
Car quand on bey tomba la marmite pel ſol,
Vn paüre Couſinie es per ne veni ſol,
De veyre l'aſte frech, los ouloes ſus lay cédres,
Semble que cado iour ſio Diſſatde ou Di-
　　uendres,
Parlé d'vne coüſine où l'on vey niech & iour
Vn braſas de carbou comme dedins vn four,
Las ploumes pes lóu ſol, lous aſtes en beſónio
Et cauque marmitou que ſa toujour l'yvronio
Lous traus touxes farſts, que vous dirias que
　　ſes
Dins la boutigo d'vn qu'a foſſe de proſſes:
Car l'on bey tous lous traus remplis de la
　　poullallio,　　　　　　　　　　　(raillo,
Que reſſemblou lous ſacs lou long d'vne mu-
De rouda per aqui yeou iuri de bon cor,
Qu'aquo bal may cent cops qu'aquelle pom-
　　me d'or.
COLIN.
So que vous racontas es vne cauſe eſtrange,
Voſtre légatge ſéble lou lengatge d'vn Ange,
Non pouyrian pas ſabe al deſpens d'vn anniel
Couro debou veni trouba aquel Paſtourel,
Per beyre & auſi lou bruch de lour guerelle
Et s'el aura lou ſen de cauſi la plus belle.

COVSINIE.

Elles vendroou fort leau, car el a prou de tés
Que cadune a cargat fous bels abiilamens,
Aro poudes fongea que caduno s'amufe
A fe carga de fard, de mufc & de cerufe:
Bref non cal pas doubta que tout lour attiral
Mon paffe cinq cens cots per l'auis del miral;
Yeou m'é bau cepédan veyre que las arrefto.

COLIN.

Fafen donc que bejan qual fera la pus lefto,
Que veni yeou d'aufi qu'vn'eftrãge nouuello
Iupiter a comes l'acort d'vne querello
Al feble jugeamen d'vn fimple paftourel
Qu'õ a iamays res vift que fon pichot troupel;
Paris ferias-vous el, ferias-vous aquel Iutge,
Aquel que deou caufa vn iour tant de gar-
	butge :
Yeou non ne crefi res, car vn paure mortel
Non es pas competent de las caufes del Cel,
Toutesfez el es vray que Paris a la mino
D'eftre de fang Royal & de doble origino,
Sa mino, & fa fayffou, & fon honneftetat,
Moftro qu'el es fourtit d'vn homme relebat?
Helas! s'Enone fap aquefto profetio
Qui la garantira del mal de jaloufio :
S'ello vey dins lou bofc cauco rare beautat
Que s'adreffe à Paris comme el a racontat,
Qu'vn malheur fera aco, qu'vn esfray, qu'vne
	ratg;

Memiomes s'es Venus qu'ó es pas gayre satge,
Yeou etesi s'aquo es que s'escarpenaran
Comme vn cat amb'vn chi quand soou ca-
    ramentran :
May que soou yeou ayssi . beleau Paris m'ap-
    pelle,
Et sap milliou que yeou lou bruch de lour
    querelle :
Yeou m'en boou lou trouba , mais lou veci
    que ven ,
El me lou cal sonda sus aquest differen.
Paris , perqu'on benias per veyre lou satyre,
Vous ses fort paressous, Enone vous attire ,
Digas, sçaues vous res de certaynes questieous
Qu'es sortit d'vn bauquet que faguerou lous
    Dieous :
Vn bruch coutris per tout qu'an nommat per
    arbitre
D'aquel grand differét cauque simple belitre,
Vn paure Pastourel , qu'es al partit de là
Sortit de sang Royal.
                PARIS.
            Ie ne sçay point cela ,
Et les Dieux ont là haut les sources eternelles
Des moyens infinis pour vuider leurs querelles,
Ne prenons point soucy des differens des Dieux
Les arbitres du Ciel demeurent dans les Cieux ,
I'ayme plus , cher Colin , vuider cette dispute
Qui de vous ou de moy joue mieux de la fluxe.

COLIN.

Vous feres pres al mout, fa doncquee com-
menfas.

PARIS.

Qu'eft-ce que nous joüons ?

COLIN.

Vn anmielet fort gras.

Chanfon de Paris joüant de la flute, fur l'air
Le roffignol fi toft qu'il eft iour
parle de l'amour.

VN Dieu puiffant loge dans mon cœur
En eftant vainqueur,
Pour Enone mon Soleil
Ie reffans vn amour nomparcil.
Ie fuis geiné d'amour, qui me nuit
Le iour & la nuit,
Maintenant que fa beauté
En amour n'a plus de cruauté.
Ie va mourant dans l'obfcur du bois
Quand ie ne la vois,
Et ne treuue autre foulas
Qu'en tenant Enone entre les bras.

COLIN.

Non fçaues pas res pus, el cal qu'ycou vous
ou moftre

Que l'anniel que iougan non pot pas eftre
    voftre ,
Car an mon flajoulet yeou canti de canffous
Que foou fendre lou corps, Paris ou creyras
    vous.

PARIS.

C'eft affaire aux accords de la lyre d'Orfée.

COLIN.

Sias fegu cependan que perdres lou troufée.

Chanfon de Colin.

L'Autre iour duret mays d'vne houre,
    Qu'en gardant mon pichot troupel,
Yeou courtiferi vne paftoure
Bel cop pus douce que lou mel.
    Callio be que fougueffo douffe ,
Ou be qu'en amour yeou fouffi fi,
Peys qu'a la premieyre fecouffé,
En commenfan feri ia fi.
    Ambé tres mouts de Rethouriqne
Yeou la ganniei incontinen ,
Sans que pougue Te cap de brique
Contrecarra mous argumens.
    Quand yeou perpreni vne Bergeyro,
Ambe dous mouts d'exortatieou
Caldiio qu'ages lou cor de peyro
Soun fe rendio à difcretieou.
    Lou malheur es que la vielleffe
M'a rendu fec comme vn fahuc
Non pas tant fec qu'vne paftreffe ,

Non ne tireſſe cauque chuc.

COLIN.
Et be que me diſes de ma voix pindarique.

PARIS.
Ie cede volontiers à voſtre voix ruſtique.

COLIN.
El es aro queſticou de me ballia l'anniel,
May chut veſci veni lou Meſſatge del Cel,

MECVRE.
Chaſſe l'effroy Berger de ton ame eſtonnée
Ie ſuis l'Ambaſſadeur de la Cour Empirée,
Mandé de Iupiter, qui ſoumet à ta loy
Ses trois Diuinitez qui ſont icy auec moy :
Celle-cy eſt Iunon ceſte Reyne ſuperbe ,
Et les antres, Venus, & la ſage Minerue ;
Le grand Dieu Iupiter qui preſide ſur tous ,
T'a commis pour vuider leur different ialous :
Le debat qu'elles-ont eſt de ſçauoir laqu'elle
De ces trois Deitez tu iuges la plus belle :
Les Dieux ſont my-partis , & veulent que tu ſois
L'arbitre ſouuerain des beautez que tu vois ,
Voilà la pomme d'or ou conciſte la gloire ,
Le loyer du vainqueur, le pris de la victoire :
Reçoy-la de ma main, & prononce hardiment
Ton equitable Arreſt, & ton beau Iugement.

PARIS.
Ie ne ſçaurois iuger ſuiuant mes exerciſſes
Que de la qualité de deux belles geniſſes,
Et recognois fort bien que cét authorité

Ne se peut accorder à ma simplicité.

COLIN.

Ce vous me creses yeou li sares aquel toutt,
Que de las renuoya al premie iour de Cour.

MERCVRE.

Les Dieux qui sçauent bien leur commune
    alliance
N'en ont iamais voulu prendre la cognoif-
    fance,
Le sang les rang suspects, & leur ambition
Trouble leur iugement, le droit & la raison
Si bien que l'on ne peut pour adnner cette
    pomme,
Prendre vn Dieu pour iuger, il faut que
    soit vn homme.
Vn homme tel que toy, miroir d'integrité,
L'oracle de ce bois, l'ame de l'equité, (pable
C'est toy qui es seul iugé, tres-digne & ca-
De prononcer l'Arrest de ce cas memorable;
Ta gloire & ton renom come vn riche tresor
Demeurent enfermé dans cette pomme d'or
Prens-la gentil berger, vuide cette querelle
Et remets le preset es mains de la plus belle.

COLIN.

S'aquelle comissieou ero adressade a yeou,
Yeou voldrio que deuä faissou so que se deou.

IVNON.

Berger à qui le Ciel à remis à deſſein
Du grand maiſtre des Dieux le pouuoir
    Souuerain :
Iuge premierement le rang que ie poſſede,
Ie ſuis cette beauté qu'a nulle autre ne cede
Et puis que Iupiter dans la voute des Cieux
Ma miſe au premier rang parmi le autres
    Dieux.
Qu'il a iuge mõ corps capable de ſa couche,
Et qu'il baiſe mes mains, mes tetins & ma-
    bouches,
Si tu ne me iugeois digne de ce preſent,
Ce ſeroit accuſer ton chois d'aueuglement :
Ie puis fauoriſer tes actions ambitieuſes,
Ie te puis rédre heureux, ſi tu ne me refuſes
Vne pomme te peut eſgaller aux plus grans
Si tes yeux ne ſont pas à tes vœux differãs :
Recognois ma beauté, cette douce merueille,
Et prononce hardiment que ie ſuis ſans pa-
    reille.

PALLAS.

Adorable Berger à qui l'ame parfaite
Promet à ma vertu cette riche conqueſte,
Voudrois-tu preferer à ma perfection

La sale volupté, ou son ambition,
Iette tes yeux sur moy, & vois la difference
de ses frêles beautez auecque ma prudence,
Et la guerre & la paix releuët de mes lois,
I'emporte quand ie veux tous les Sceptres
    des Rois :
I'arrache les lauriers des mains de la vi-
    ctoire :
Ie guide mes amis au chemin de la gloire,
La lance que tu vois témoigne ma valeur,
Rien ne peut resister à ma sage fureur ;
Ia'rreste quand ie veux fortune qui se ioue,
Ie sçay bien comme il faut te mettre sur la
    roue :
Bref tout cét Vniuers obeït à mes lois,
Ie suis la plus puissante & plus belle des
    trois :
La vertu est à moy, la force, & le courage,
Rends-toy digne, Berger, d'vn si beau he-
    ritage :
Ie fauoriseray ta Royalle naissance,
Ie verseray sur toy la corne d'abondance :
Prononce ton arrest, donne la primauté
Auec la pomme d'or aux traits de ma
    beauté.

                     VENVS.

VENVS.

Si la cupidité d'vne vaine science,
Ou la faim des tresors font bransler ta ba-
    lance,
Sçache que ce n'est pas nostre contention,
Ce n'est pas le sujet de cette ambition :
La source du debat est de sçauoir laquelle,
De ses trois Deitez, tu iugeras plus belle :
Ma beauté ne peut pas tromper ton iuge-
    ment,
Non plus que ton arrest sur mon contente-
    ment :
Vois ce marbre poly de mon front gracieux,
Et la neige qui sort du cristal de mes yeux,
La beauté de mon sein, les leures de ma
    bouche,
Et ce double corail qui la touche & retouche
Ces deux autres icy n'ont rien qui soit pareil
A la douce clarté qui sort de mon Soleil :
Quitte cette forest, tes vaches, tes genices
Ie te feray gouster vn monde de delices :
La Grece est le sejour d'vne rare beauté,
Qui sera le miroir de ton integrité :
Ie te feray iouyr en faueur de ta peine
Des doux ébats assemens & caresses d'Heleine;

F

Ie te mettray en main ce precieux trefor ,
Lors que tu m'auras mis en main la pomme
d'or.

COLIN.

S'yeou eri crefegut,yeou vous iuri, comeres,
Qu'aurias fubre lous pots vn arreft de con-
  trer ,
On be per fa milliou fe feguias mon ceruel,
Vous ne farias tres parts an mó pichot coutel,
Et peyffos dounarias la part à cadafcune ,
Aytal fech Iupiter , Pluton ambe Neptune,
Del Cel,& de la terre enfemble de la mar ,
Quelfes tres diuiferou cómo lou pont du Gar.

MERCVRE.

Berger , cecy n'eft pas vne profe & risée ,
La pomme ne veut pas eftre ainfi diuifée.

COLIN.

Ou be per fa pus leau comme al traucolibot,
La fa roulla pel fol,& pey prengo qui pot.

PARIS.

Deéjes ce feroit vn iugement volage
De iuger d'vn Soleil au trauers d'vn nuage ,
I'offre riche parure ombrage vos trefors ,
Ces beautez font dedans,il les faut voir dehors ,
Il vous faut exhiber à mes yeux toute nuë.

COLIN.

Defcourdelas - vous donc , & mouftras l'e-
  ftoumac ,

Pot on iutgea vn proces sans veyre tout lou
    sac,

Lou diech es dangeyrous comme lou quioul
    d'vn veyre,

Et non n'ya pesso al sac que non la calgue
    veyre.

VENVS.

C'est le gain de ma cause, c'est ce que i'esperois,
As-tu rien veu d'égal aux beautez que su vois.

MINERVE.

Berger, fais ton profit d'auoir vne fois veuë
L'albastre de mon corps, ma beauté toute nuë.

IVNON.

Berger, ne laisse pas corrompre ta iustice
Aux charmes de Venus, ce n'est rien qu'artifice.

PARIS.

Que i'ay les yeux perplets en iugeant sur ce point.

COLIN.

Ayssi seres tout vey s'on prenez vn adjoint,
Ycouy non souy pas suspet, car ma pauro for-
    tune   (la Lune.
A fach que ges des meous non marchou sur

PARIS.

Ayant examiné & dedans & dehors
La grace du visage & la beauté du corps,
Vuidant le different & l'ancienne querelle,
Ie declare Venus pour estre la plus belle,
Et pour executer l'Arrest de primauté,
Ie mets entre ses mains le prix de sa beauté.

F 2

COLIN.

Qu'aquel e pót e d'or rendra Venus superbe,
Contoule i cependan Iunon amay Minerue :
Iunó s'on sous estat qu'auias trop pauc de nas,
Aurias au it la pomme, & vous Dame Pallas,
S'on eres comme ses vn pichou tant mourude
Ni Venus, ni Iunon non l'auriou pas auude :
May chut, non ploures pas, que iadis per vn pon,
Marti perdet son ase, & non se plouret pon.

IVNON.

Infortuné Berger, ie iure par les Astres
Que ce qu'on t'a promis te seront des desastres?
Infame que tu es, i'auray mille moyens
De perdre auec toy tous les autres Troyens :
Va, va, lascif Berger, prepare ce voyage
Où tu dois ressentir les effets de ma rage?
Ie m'en vi t'apprester ce que ton iugement
A merité de moy pour ton aueuglement.

MINERVE.

Infame que tu es de choisir ton dommage,
Preferant la beauté d'vne femme peu sage
A mes perfections : sçais-tu pas que Vulcain,
Qui bosseux va forgeant le fondre de sa main ;
Tu ne sçaurois nier que le Dieu des allarmes
N'aye pour l'embraser cent fois quitté les armes ;
Va, ignorant Berger, allumer ce flambeau,
Qui des meurs d'Illion ne fera qu'vn tombeau.

COLIN.

Iunon, voulez pla fa, rendez-vous apellantes,
Ou be peys que fes dos valliétos & puiſſātes,
Gittars Venus pel ſol, & per foſſo ou per grat
Leuas- ly lou preſen que Paris lya dounat.

VENVS.

Paris, chaſſez la peur de ſes vaines menaces,
Appuyez voſtre cœur en l'eſpoir de mes graces,
HELEINE eſt le loyer de voſtre iugement;
Quittez cette foreſt, coures y viſtement;
Preparez-vous, Berger, pour prēdre pour étreine
Les chers embraſſemens & careſſes d'HELEINE.

PARIS.

Il me faut donc, Colin, delaiſſer ces montagnes,
Pous aller vour la Grece & ſes belles campagnes,
Où ie dois de ma main cueillir la belle fleur
Que Venus m'a promis auec tant de faueur,
Ie ſuis fils de Priam, ie veux reuoir ſon troſne.

COLIN.

Nō vous ſouuenes pas de voſtre paüre Enone
Que dira, que fara ſe ſap aquel complot ?

PARIS.

Ie la veux aſſeurer de reuenir bien toſt,
Mais la voicy venir, faiſons donc qu'elle croye
Que ie veux aller voir les murailes de Troye:
Enone, l'on m'a dit que le Ciel m'a fait naiſtre
D'vne illuſtre maiſon, & que i'ay l'honneur d'être
Fils du grand Roy Priam, frere du braue Hector
Qui me doit delaiſſer ſon Sceptre & ſon treſor.

Ie veux aller reuoir ce noble Parentage,
Vous participeres à ce bel heritage.

ENONE.

Et quoy mon cher Paris voudriez-vous donc
asseure,
En changeant d'affection changer voftre demeure?
Voudriez-vous delaiffer Enone dans ce bois
Pour courre ambitieux la fortune des Roys?

PARIS.

Enone vous voyez fur cette face peinte,
L'extreme affection d'vn dure contrainte,
Ie ne puis differer ce voyage entrepris.

ENONE.

Helas! vous payerez tout mon cœur de mefpris?
Vous enfeuelirez dans cette Cour Royalle
Le bon-heur ancien d'vne amour Paftourale.

PARIS.

N'entrez-point en desfi de mon affection,
Ie quitteray pluftoft la race d'Ilion,
Et mon pere Priam, fon Palais & fon Trofne,
Que s'aille delaiffant l'amour de mon Enone?
Adieu ma chere Enone, adieu mon cher foucy,
Ie reuiendray bien-toft vous reuoir par icy.

COLIN.

Paris s'en ferio anat per faire fon voyatge
Sanfo me regarda folamen al vifatge,
Es ty poffible, helas! qu'ajo fach aquel tret,
De s'en ana tant len fanfo prene conget;

El cal per bel despiech, Enone, qu'yeou vous
   digo
Son infidelitat, lou dessein de sa brigo,
Et souguet l'autre iour Iuge d'vne questieou,
Qu'a fach creisse despey d'vn pan son am-
   bitieou :
Tres Deessos auioou vne grande querelle,
Per sabe d'ellos tres cal serio la pus belle,
Tallomen que Venus l'a ta pla charlatat
Ambe sous els d'amour, qu'à la fi l'a gagnat :
Car elle li metet dins sa bauge ceruelle
Qu'vne Helene serio sa recompenso belle :
Bela tout lou suiet de son embarcamen,
Per s'ana rendre leau al loc qu'elle l'aten.

ENONE.

Ha perfide Berger, parjure impitoyable ?
Te falloit-il couurir ton dessein detestable
D'vn pretexte d'amour, d'vn deuoir paternel,
Pour me dire vn adieu qui doit estre eternel ?
Ou estes vous ô Dieux ? puissances vengeresses
Que ne punissez-vous ses perfides caresses ?
Helas ! permettez-vous qu'vne infidelité
Passe sans ressentir ce qu'elle a merité ?
Tous les arbres du bois vous demandent ver-
   geance,
Du tort qu'il a commis contre mon innncence,
Ils sont les vrais tesmoings des sermens qu'il me
   fit,
L'escorce d'vn publier porte encor cest escrit

Alors que Paris infidelle
Sans Enone respirera ,
Le flus a soy-mesme rebelle
Vers sa source retournera.

Paris les a dites & sa bouche parjure
A'e les a recitez cent fois sur la verdure,
Rebrousse donc ton flus ô fleuue trop coulant ,
Car Paris n'ayme plus comme il alloit turant :
Mais quoy pourrois-je bien dans cette impatience,
Souffrir sans en mourir l'horreur de cette offence?
Non, non, ie ne sçaurois , il faut que ce poignart,
Retranche à mes iours cette derniere part.

COLIN.

Enone, qu'auez fach, malhurouse iournade ?
Helas! Dieous qu'es aisso, la pauro s'es tuade!
Ha, Paris deloyal, tu sios cause de tour,
Qu'en despiech sio yeou fach quand li n'ay
	founat mout ,
Incare se boulego, helas! Enone, Enone
Respondes se vous play à Colin que vous
	sone :
Acos es aros fach, beses a qui vn badal ,
Elle a son pauure corps tant redde comme
	vn pal :
El cal qu'aquest pounial intre dedins mas
	tripes ,
Comme fa lou birou quand intro dins las
	pipes :

Pounial pey que tu as fache l'executieou,
Que tu las tuado elle, tuë me are yeou : [tre,
Auance-te pounial, bay ten trouua ton cen-
Intre per l'embonil, trauco la pel del ventre,
Aco t'es perdounat, intro ou pauc ou prou,
. Intro fur ma paraulo, a fe d'hôme d'hounou
Enfonffe-te dedins iufques à la pouniado ,
Et que mon vêtre femble vne pipo traucado:
Couurís tout aqueft loc de fang , à celle fin
Que tout le monde digo, ha lou paure Colin:
Dins lou bofc non nyaura ny bergeyro , ny
  paftre ,
Que non bengo ploura noftre commun de-
  laftre ?
.—On couurira de flous fon corps amay lou
  meou ,
Enfin tous lous Bergers faran fo que fe deou
Cal fap ce cauque loup fortirio de fa cauo,
Aco ferio peeat fe lou loup nous manjaue:
Yeou fouy doncos d'auift per éuita aquel fort,
Que qui es vieou , fio vieou , & quies mort
  fio mort,
Aro me cal penfa iouft aquefto verduro,
. De fa anaquefte corps fa paure fepulturo:
Yeou me ferio tuat fon ero l'intentieou
De l'ana enterra iouft cauque pe d'olieou ,
Sans y mettre autremens vn pus grandè
  piaffe ,
Qu'aqueftes quatre mouts en forme d'Epi-
  tafie.   E 5

Paſſan ſe vos ſçaue cal es ayſſi dejouſt,
Acos lou paure corps d'vne
iouue eſpouſado,
Que ſur lou milion cop qu'elle y prenio gouſt,
Paris ſes embarcat , & elle ſes
tuado.

PASTORALE
DE CORIDON
ET CLERICE.

ACTEVRS.

PROLOGVE.
PILHART
CLERICE, Bergere.
LA PAIX.
LE SATYRE.
CORIDON, Berger.
L'ANGOVSTI, Fluteur.

PROLOGVE.

L A diuino licou qu'on beou dessus la
croupe
D'vn Parnasse cournut, ny la mi-
gnarde troupe
De las filles del Cel non an pas operat
Al pichot passotemps qu'en vous a-preparats,

Lou cours tant foulamens d'vne couftume
  antique
Nous a mes en humou fur cauque vers rufti-
  que :
Or vous veires, Meffieurs, fourti premieiromē
Vn pichot Paftourel, habillat fimplomen,
Qu'eftacara la paix, la rendra prifonnieire,
Affiftat de Clerice vne belle Bergeire,
Quand aco fera fach lou Paftre Coridon,
Que porte dins lou cor lou fioc de Cupidon;
Habillat en guerrien tournara dins fa terre
Qu'el auio ia quitade à caufe de la guerre :
De vous dire l'amou qu'el aura dins fon cos
Per la belle Clerice, aquo veires tantos ;
Sapias tāt foulamés que d'aquefte boulcarge,
Deou fourti peis apres vn Satyre fàuuarge.
Que fe deguifara de dos ou tres faiffous,
Per furprene, fe pot, Clerice fas amous :
Mais enfin defcouuert, elle prendra la fuite
Per euita lous cours d'vne folle pourfuite.
Cependan Coridon an fou pichot Pilhart
Embriaygaroou rufats lou faune mōtagnart,
Et peis l'eftacaran ambe lours panaticiros,
Pertal qu'ó torne pus perfegui las Bergeiros,
Vous non veires per lors que mille paffo-
  temps ,
Chacun oublidara la guerre & lou mal téps,
Sans creigne que la Paix qu'on aura garro-
  tado.

S'en torne iamais pus vers la boute azurado,
Fafin fe noftre joc non es ny bou ny bel,
Excufas, fe vous play, vn Poucte nouuel.

PILHART.

YEu ay ja vift dous cops qu'aquefte vert
    bofcarge
A quittat & repres fon verdoyant fuillarge,
Et que ja lous voulans des penibles gabats
Say fou venguts dous cops per fegua noftres
    blats,
Defpeys que Coridon, mon Majoural, mon
    Meftre
S'en auet indacon qu'on faui non pot eftre :
El auio be fubjet de quitta fon troupel,
Et de maudi cent cops lou nom de Paftourel :
Car dins dous ou tres iours que la fatale guer-
    re
Commenfet : mouftra lou cap deffus la terre,
Et pendé que chacun defplafent d'aquel fleau
Creigno de degayna l'efpafe del fourreau,
Vela trento fouldats d'inamon de Faugeyres
Qu'emportou la mitat de fas troupes lanieres
Tout ainfi qu'vn tourrent quand a plougut
    tres iours,
Que prétout fo que trouo opofat à fon cours,
Quand el veget aco me tengues tal lengarge,
En viran deuers yeou triftement fou vifarge,

Pilhart, qu'yeou ay tengut al reng des bons
    Pilhards,
Ont es tirat lou téps que viuian tant gaillards,
Ont fou tant de plaies que prenian per las
    prades
En danfan qu'auques cops an las Nymphes
    Driades :
Ont fou lous airs nouuels qu'vn bon ordre de
    dets
Mefurabo fus traues de noftres flageolets,
Ont es lou pichot Dieous an fon arc & fa
    trouffe
Que vefian tant fouuen fautela fur la mouffe;
Ont es, helas! hont es, lou grãd plafe d'amour
Que nous extafiabo vn'houre cade iour,
Quand aget deplourat noftre comun defaftre
Mornomé s'apuyaue fur fon baftou de paftre,
Et fa fon teftamen, me dono fon beftial
Que gardauen per lors lou long d'vn riuairal,
Et peis fans m'honora de pus cap de paraule,
S'en va comme vn cheual quand a fentit la
    gaule,
Talomens que per lors yeou preni mon cou-
    tel,
Et tacheri tres cops de m'en trauca la pel :
Mais lou malhur fouguet que la lame mur-
    trieyre
Nõ fouguet pas paffa ma camife grouffieyre,
Quand yeou vegeri aco tournei dins l'eftuch

Lou coutel qu'on voulio me serca ges de
  bruch,
Mays per tal d'exala mas doulous homicides
Fagueri de mous els dos fontaines humides,
Et ploureri si fort, que lous aussels pichots
Mesurabou lous airs al sou de mous sanglots,
Et mesmes lous moutous tristes de mas alar-
  mes,
D'vn el ple de piatat contemplabou mas lar-
  mes;
Taiamens qu'à la si la mitat del troupel
Se metet à ploura contre son naturel:
Coridon, Coridon, vostre exil voulontari
Non vous es pas tant dous comme à yeou
  m'es contrari,
S'yeou sauio de vertat ont es vostre sejour,
Per vous ana trouua marchario neit & iour,
Yeou non aurio repaus que mous els aigi-
  louses,
Capables de räply lou vuide de dous pouses,
Non vous agessou vist, & cal que sans delay
Yeou redouble lou pas à guise d'vn laquay,
Per vous ana serca de l'vn à l'autre polo.
En caminan tousiour comme vne cause solo.

Clevice sortant.

Ont vas tu tant courren?

Pilhart.

Vau serca Coridon.
Lou que vous fabiula d'vn amourous bridö,

Se me voules fegui, reguffas voftio raubo,
Car yeou camini mays qu'vn larron quandte
faubo.

Clerice.

S'yeou fauio fon fejour, lou foing de mon
troupel,
Lou dange des camis, ny la rigou del Cel,
Non faurio m'empecha de lay courre pre-
mieyre
Per ly mouftra l'amour d'vne douce Bergeire.

Pilhart.

Aro vous lou voudrias, & yeou ay vift lou
temps
Que quand venio vers vous regaignaues las
dens,
Comme noftre maftis dauan que l'on alargue
Quand entreuey lou loup que s'aproche del
pargue,
Debades l'on non dis que lous homes abfens
Se foou mays eftima que quand erou prefens,
Per yeou fioy amourous d'vn boufli de Pa-
ftrelle,
Qu'on non jutgeario pas qu'ages ges de ru-
delle,
Mays au parti de là quand ly difi quicon
Rafis touiour lou mourre, & iamais non
refpon,
Et qual que fe Dieou play yeou ly vire l'ef-
quine.

Per cauques quinze iours , & peys veyray fa
 mine ,
Cependan yeou m'en vau ferca mon maioural ,
Pei ly remertre en ma lou baftou paftoural.

Clerice.

Del temps que Coridon an fa petrino caude
Se venio cado iour metre deffus ma faudo,
Et que per adoucy mon iniufto rigou ,
Fafio fouuen del mort à l'ôbre d'vn bouyffou,
Comme lous mandians que per abe d'aumor-
 nos ,
Fan creire que lour mal non a pas ges de bor-
 nos ;
Yeou deuio d'aquel temps ana ferca l'amour
Per lou prega que fes dins mon cor fon feiour,
Er non pas me mouftra cruelle & rigouroufe
Al paure Coridon que me ren amouroufe,
Cupidon me punis de trop de cruautat ,
Et m'en punira mais fon a cauquo piatat ,
Car yeou counouyffi be que mon humou
 cruelle
Merite lou tourmen d'vne pene eternelle.

Pilhart , renient.

Yeou ay en men anan rencontrat pes camis,
Cauque certain pourteur que vé deuers Paris,
Pourteur que ma contat de caufes toutes
 frefques
Pús douces à mon gouft que lou mel de las
 brefques

Et not omens ma dich que la fille d'vn Dieou
Que porte dins las mas vne bràque doulieou,
Dieou deffendre del cel per enferma la guerre
Dins lous locs pus secrets del centre de la
    terre :
Ses vertat vous veires dins dous iours ou dins
    mens
Que Coridon pendra sous premies arramens,
Vous lou veires veni, comm'apres la tem-
    peste
Veires de sous moiens so que pauc mens ly
    reste ,
Atal lous Catoulicx querou de Montpellié
Quand vegerou la pas tournerou à eur cartié,
Per tal de ramassa permi tant de garbutge
So que ly auio laysat lou debort del delurge.

Clerice.

Sieou sauio que la paix say degues veni leau,
Per say nous delieoura d'vn si funeste fleau ,
Yeou m'anario carga la raube de las festes,
Et be qu'on toussi pas al reng de la pus lestes
Yeou ly presentario sans exceptieou de res,
Mon seruici, mon cos, ma fourtune & n.ous
    bes.

Pilhart.

Quand elle ven del cel sas retraictes pre-
    mieires
Sou permi lous Berges, & permi las Bergeires,
Vela perque Clerice, ou per force, ou per grat

La nous cal arresta se passe dins lou prat,
Car selon l'almanac de la presente annade,
Non say vol res pus fa qu'vne courte passade
Amaguen nous aysi l'esperaren vn pauc
Come veses que fa lestaliraigne al trauc,
Et peis quand ausiren sa demarche paisible
Lanaren arresta ou fougues inuisible.

Se cachent sous le ramage.

PAVSE.

*Chanson que le Pilhart & Clerice chantent
attendant la paix.*

Dins aquestes bouscatges
Nautres semblan sauuatges
Desempeis qu'auque temps,
Et toute nostre ioye
Non es re que la proye
Des troubles & mal temps :
Que fa la paix vers lous astres,
Qu'on vengo leau.
Delicura lous paures pastres
Daquestes fleau.
   Nostres plases rustiques
An cedat à las piques,
As canous & mousquets,

Et lou tare , tantare
D'vne tromperie clare
Ren muts lous flageolets.
Que fa la paix vers lous aftres, &c.
 S'vne compaigne paffe
La neit pres de la iaffe
Nous meten à trambla ,
Car aqueille canaille
Metou fioc à la paille
Per nous faire brulla.
Que fa la paix vers lous aftres, &c.
 S'anan per la campaigne
Ou fur cauquo montaigne
Garda noftres moutous,
Continens lous gendarmes
En nous donnant d'alarmes
Nous prenou lous moutous.
Que fa la paix vers lous aftres, &c.
 Lous chis que nous feguiffou
En iappan fen fougiffou
Quand non fou pas prou forts,
Et nautres à grand paffes
Couren per lous bartaffes
Per fauua noftres corps.
Que fa la paix , &c.
 La diuini mufique
Del Rouffignol ruftique
A ceffat per defpiech,
Lous hibous à fa place

Venou fur noftre iaffe
Cama foure la niech,
Que fa la paix vers lous Aftres
Qu'on vengue leau,
Delieura lous paures paftrez
D'aquefte fleau.

La Paix.

Le rameau verdoyant que le plus grand des
   Dieux
Mit vn iour en ma main dans le palais des
   Cieux,
Ce paifible oliuier, cette indice premiere,
Des retraictes des eaux dans la mer poif-
   fonniere,
Affeure les humains qu'on verra deformais
Diffiper les difcords aux rayons de la paix,
Et que tous les affauts & batailles funeftes
Ne fçauroiët s'oppofer aux fentëces celeftes:
Ce font les mefmes Dieux, qui m'enuoient
   çà bas
Pour chaffer les horreurs des perilleux com-
   bats,
Et calmer fainctement ce tempefteux orage
Qui defia tous vos biens attiroit au nau-
   frage,
Viués dans vos maifens éloignés de difcors.

Pour mourrir si souuent les sepulchres des
  morts,
Enserrez ces canons, ces mousquets, ces
  espees,
Dans le sang des humains par trop desia
  trempées,
N'en faites plus d'estat, pliez vos estan-
  dars,
Et ne fomentez plus la colere de Mars,
Que ie ne voye plus les Villes & Villages
Souspirer sous le joug des gendarmes vola-
  ges,
Que les riches Bourgeois sortent de leurs
  maisons,
Sans crainte de subir les auares prisons:
Que le bon Villageois reprenne sa charruë,
Pour sillonner les champs de la campagne
  herbuë,
Que les soigneux Pasteurs montent sur les
  coupeaux
Des monts plus escartez pour paistre leurs
  troupeaux,
Sans craindre que l'abord de ces traistres
  gendarmes
Leur donne iamais plus la peur de tant

d'alarmes :

Bref, que tous les humains vuides de des-
  plaisir,

Reçoiuent aujourd'huy l'objet de leur defir.

Cependant ie m'en vai isques dans la Ro-
  chelle,

Pour ranger sous mes loix cét'hydre si rebelle,

Pilhart.

Arrestas-vous, Madame, ou per forço ou
  per grat.

Paix.

Qu'est-cecy, ou suis-je ?

Philhart.

Ses en mitan del prat.

Clerice.

Madame creses me rendez vous prisonnieire.

Pilhart.

Sa, sa, cal qu'yeou l'estaque ambe ma iarre-
  tieire.

Paix.

Suis-je pas dans l'enfer au milieu des demons.

Pilhart.

Son vous arrestas leau faren à cops de pons.

Paix.

O Dieux, permettez-vous que venant sur la terre
Pour y faire la paix on me fasse la guerre.

Clerice.

Non vous eſtounez pas, la guerre que vous fan
Al locd'eſtie ſanglante es douce côm'vn gan.

La Paix.

Pourroi-ie pas ſçauoir quelle eſtrange malice
Me captiue en vos mains ſans ſujet ny juſtice ?

Clerice.

Paſſientas vn pauc yeou vous ou diray tout,
Vn certain *Almanac*, qu'on mentis pas d'vn
  mout ,
Nous predis que la pax deou deſſendre dels
  aſtres
Per ſay extermina noſtres comuns deſaſtres,
Et que peis dins vn an, agachas be s'es trop,
Deou tourna dins lou Cel comme lou pre-
  mié cop ,
Sus aco nautres dous per vieoure pacifiques
Dedins lou petit claus de las jaſſes ruſtiques,
Nous ſen ſaiſits de vous côme fa lou Peruoſc
Quand pren cauque larron à l'aurieire d'vn
  boſc ,
Non pas que deſi.é de vous pourta doumatge,
Mais per ſa trouua faux aquel triſte prelatge.

La Paix.

Si le Dieu foudroyeur me rappelloit à ſoy,
Vous oppoſeriez-vous à ſa diuine loy ?

Pilhart.

Quãd vous appelara que mande ſon Mercure
Au ſous talous alats d'vne egale meſure,

Ou

Où per fayre millou que deffende del cel
Per vous defeftaca transformat en coutel.

Paix.

Iupin ne viendroit pas fous l'efpeffeur des nuës
Pour le peu de fubfett de ces cordes menuës,
Veu que le feul vouloir des Dieux Olympiens
Rempent en mille pars les plus roides liens.

Pilbart.

Venes vóus cependan fourra dedins la iaffe
Vous qué non fçay venes que comme auffel
   de palle.

S'en entrent.

Clerice.

Are qu'auen la pas ont fes vous Coridon,
Qu'on vengas moudera lou fioc de mon
   brandon,
Courrés, courrés al fioc comme dins vne
   ville,
Quand vn ouftal fe brulle en bel miech de
   doux mille,
Venes von vitomens & non permetas pas
Qu'à faute de fecours lou fioc me mette abus,
S'yeou vous ay refufat cauqués cops mon
   feruici,
Yeou n'ay defia fouffert la peine & lou fup-
   plici,
Non crengas are re venes vous en tout dreeh
S'ay trouuares lou caut à la place del frech.

S'en va voyant le Satyre qui la pourfuit.

Satyre.

Yeou ay dedins mon corps per aquelle Per-
　gerre,
Vn fioc tout embrandat comme vne carbou-
　nieire,
Yeou non fioy pus vn Dieou, yeou fioy vn
　mont - gibel,
Que voumis de brandous que van jufques al
　Cel,
Yeou non podi marcha dins lou bofc quatre
　paffes,
Que ma grande calou non creme lous bar-
　taffes,
Quand yeou non me metrio que jufques al
　ginoul
Dins n gourc tout jalat vous lou veirias que
　boul,
Et cependant l'obiet que me caufe ma febre
S'en fougis dauat yeou pus vite qu'vne lebre:
O Nymphe d'aqueft boic, refpó vitte, refpon,
Al Satyre cournur que vol faupre quicon,
Digos me fe l'objer que tant de cors a-tire
Sera toufiour tant dur al faune que foufpire,
　(pire)
Mays digos me perque fioy yeou bouytous ou
　fourt ;
Manchot, bornie, bouffut, innoucent, ou
　talourt ? (lourt)
Caldra me donc farda ma lourde corpulence

Per abe de mon fioc la douce recompenfo?
   (penfo)
Yeou non fau qu'y penfa, & trouuario fort
   bou
Ou per fofle, ou per grat de ly rauy l'hounou?
   (nou)
Deguilaray me donc per arrefta fa route
Comm'vn homme mafcat qu'en danfan fe
   famboute, (boute)
Aro meteous m'en vau mettre en executicou
Lou milhou que pouyray fo que m'as dich,
   adieou. (adieou.)

Coridon babillé en Soldat.

Lou mal temps cauques cops anonce la fuine
As paures Nautoniés que fendou la marine,
Cauques cops la furou des reddes aquilons
Se jogou des bateaus com'on fa des balons,
Talamens qu'on dirio que lou bruch de las
   ondes
Es preft a fumergea las barques vagabondes?
Cepédan pauc à pauc vous vefes que Neptun
Defpouillat de courrous ceffe d'eftre importú
Per lors lous Nautonnies à velo defplegade,
Sillounou fans dangé la campegno falado,
Et van d'vn cor jouyous tout drech en cau-
   que port,
Efcapats del dangé d'vne prochene mort.
Oraquel changeamen que fe trouo fur l'onde
Non es que trop coumu fur la terre feconde,

Car vn cop vous dirias qu'vn grand floc de
  pays
Remplit de regimens se pert & s'embays,
Vous dirias que lou fioe des combats pus sau-
  uatges
Virou deioust dessus las Villes & Villatges,
Neaumeins tout d'vn cop la pax sans ges
  d'empach   [fach,
Ven repara lou mal que lous troubies oou
Yeou nó cresio iamay de tourna dins ma rasse
Del temps que Montpeilié pourtauo la cui-
  rasse
Per le defiendre al rey : mais peis que Dieous
  ou vol
Touxes auen gitat las armes per lou sol,
Per non tourna pas pus exersa las batai les
Que causou lou regret de tant de funerailles.
                    Pilart.
Estremas lous moulquets , las piquos , lous
  canous ,
Et principalomens lou bon cassclairous ,
Car yeou teni la pax talomens prisonieyre
Qu'on s'en pot pas tourna, ou fou'vne sour-
  cieyre :
Cal es aquest souldat que ven long del cami,
Hola , d'on venes vous , compere, mon amy?
Non me diles pas re? cauque larró denou estre,
D'on venes vous , parlas ? ay poou que sio
  mon Meitre.

Coridon.

Me vela defcouuert.

Pillart.

Ha ! braue maioural,
Vous fias lou ben vengut, Dicou vous garde
de mal. *Coridon.*

Yeou veni dels hazarts d'vne guerre mur-
trieyre,
Per reprene lou foin de ma troupe lanieyre,
Aro qu auen la pax, cal que lous flageoulets
Tégou d ois en auan la place des moufquets:
Et que quand marcharen per la câpagne rafe
Lou baitou paftoural fio toufiour noftre ef-
pale.
Qu'on vege lous barrals côme de fournimens
Ellacats à la fenche, an lou caut memomens,
Et que per noftre be las gayes panatieyres,
Cargados de biays nous fioou de bandoulie-
res,
Que lous loûps foulamens fioou noftres hu-
ganaus,
Sâs que iamais res pus trouble noftre repaus.
Bref que d'ors en auâ noftre humou pacifique
Reprengo lous plafes de la vido ruftique,
Sans nous esfraya pus daquelles enemics
Que nous venioou pilla quand eren endour-
mits. *Pilhart.*

Et be que m'en difes, fa bon pourta las armes ?

Coridon.

Ou fario prou bon fa fon erou las alarmes.

Pilbart.

L'on fa be bonne chere al defpens del pays.

Coridon.

Tal lay mangeo pla vey qu'vn autre iour pa-
tis.   *Pilbart.*

Lay fafias be roufti toujour cauque poulaille?

Coridon.

Bou regala'sen peys quand eren en bataille.

      Pilbart.   (gnatl

Mays digas me de gracio, aues lay fort gai-
     Coridon.

Lous que deuioou paga non nous an re baill-
lat.   *Pilbart.*

Ont va donc tant d'argen que fournis la
Prouince ?   *Coridon.*

Et non fçaues pas tu que n'y a qu'aymou la
pince.   *Pilbart.*

Hurous donc mille cops vn paure paftourel
Qu'on fa re que garda fon graffelet troupel:
Crefes me, Coridon, intras dedins la cafe,
Reprendres lou baftou, & quitares l'efpafe.
Hola, hola, Bergeyre, efcoutats jufqu'ayffi
Coridon es vengut.

    Clerice fortant.

--------- Non es pas ?

    Pilbart.

---------- Si es be, fi,

Non vous efcartes pas, que vous vendra leau
  veyre.

Clerice.

Trufarios te de yeou ?

Pilhart.

    Nou fau , vous ou cal ereyre.

Clerice.

O pichet Dieou d'amour, veni deffus mó fron
Et blaffe de nouuel lou Bergé Coridon.
Accómode ton arc, pren vn parel de fleches
De ta trouffe d'yuoire , & tire las ly dreches.

Satyre conuert d'vne cape de pafteur.

Aro peis que Clerice efpere fon Bergé ,
Affronta la me cal , fe crey trop de laugé ,
Car yeou vous ly ditay d'vne mine jouyoufe
Qu'yeou fioy lou Coridon que la ren amou-
  roufe ,
Et s'ou crey continens la gitaray pel fol ,
Per ly fa tres poutous , amays quatre fe vol :
Bergeire , Dieou vous gart.

Clerice.

    Cal fes , fans vous defplaire?

Satyre.

Lou Bergé Coridon voftre loyal fringaire.

Clerice.

Auffas lou cap en naut qu'yeou vous vege va
  pichou ,
Viras vous deuers yeou , leuas lou capichou,
    Elle s'enfuit , l'ayant cogneu.

        G 4

Satyre.

O deſtin ! ô regret ! ô malheur ! ô deſaſtre !
Yeou non auaúiı ıe de contrefa lou paſtre,
La beautat qu’entreten las flames de l’Vſer
Dedins mon paure cos es pus duro que fer,
S’yeou ly voli parla, s’en ſougis vers la iaſſe,
Pus vire qu’vn leur é quäd entreuey la caſſe,
Yeou ſioy deſeſperat, non cor creme touıour
Comme vn fays d’argelats qu’on met dedıns
    vn four.
Dins tout aqueſte boſc non a cap de Satyro
Qu’andure la mitat del mal que me martyro,
L’amour deou eſtre anat dins lous locs infer-
    nals,
Empronta per mon coı ps de tourmens & de
    mals,
Ou ſe nou b’a repres taı t de diuerſos penes
De diuerſes amans per metre dins mas veneſt

Clerice reſſort toute effrayée.

Aquel faune banut an ſas banes ſul cap
En quale part qu’yeou ſio m’y ven trouua s’ou
    ſap,
El inuento touſiour cauque nouuel remedi
Per aue ſur mon cos en amour cauque credi,
Mais non s’en fiſe pas, vn Bergé Coridon
Me fa ſoul côſuma dins l’amourous brandon,
Aquel a tout poude ſur mon cos, ſur ma
    vide,
Et ſur tout ſo qu’yeou ay ſur la terre ſolide.

Coridon ne voyant pas encore Clerice.

L'abfence d'vn long temps ramoulis cauques
   cops
Las ßergeires qu'on vey pus dure que lous
   rots.
Yeou ay vift tout vn temps que ma belle
   Clerice
Rigouroufe en amour m'auio carget en tiffe,
Et que per augmenta la doulou de mon cos
Quand me vefio veni m'affuddabo lous cos:
Mais aros vn regret ly a faifit las entrailles,
Et ly pinfo lou cor an de groffes tenailles,
Yeou m'en vau la trouua per ly monftra l'a-
   mour,
Qu'yeou ay fouffert per elle, & fouffriffi tou-
   fiour.

    S'en allant à Clorice, & l'ayant baisée,

Clerice fe tant es que l'aueugle gendarme,
Age per mon regard matraffade voftre arme :
Me voicy defia preft à fupourta per vous
Lous pus alpres tourmens d'vn vfer de dou-
   lous,
Pourueu que nous pourten d'affectieous re-
   ciproquos,
Mon cos poüyrio brulla comme vn braffat de
   broquos,
Qu'yeou nõ fentiffiere:car l'efpoir del guerdõ
Accommodo à mon gouft lou mal de Cu-
   pidon.

                  G

Clerice.

Bergé proumettez-vous que la lampe celeste
Que passe cade iour deffubre noftre tefte,
S'atudara pus leau que la flame d'amour,
Que me t'en embrandade, & la neit & lou
  iour :
Que fe mon cor fouguet vne peire de marbre,
Quand me venias iadis coniura iouftvn arbre,
En gardan lou beftial, vous vezes Coridon,
Que lou regret qu'yeou nay incefforaens me
  pon.

Coridon.

Tout fo que fes paffat non mes à yeou q'vn
  fonge,
Fafés qu'aquel regret iamais pus non vous
  ronge.

Pilhart fort tout eftonné.

Son vous leuas dayfi lou Satyre banut
Que reffemble vn demon quand lon lou vey
  tout nud
Say vous vendra troubla, fourras-vous dins
  la iaffe,
Crefes me fafes leau attabé voftre caffe,
Non demando pas bruch, cal qu'yeou faffe
  vn affron
Dauan que fio long temps al Satyre felon :
L'on dis que per certain aquelfes Dieux ru-
  ftiques,
Aymou de febriayga del fuc de las barriques,

Et que peys l'on lous vey alongats per lou fol
Que foou comm'vn cheual quand lou ventre
  ly dol.
Or per tal datrapa lou Satyre fauuatge
Que paffe tant fouuen per aquefte bouf-
  catge,
Yeou m'en vau ly layffa fus aquefte ramel,
Mon barral eftacat ambe vn pichot courdel,
Afin que lou vefen lou fe vire ful mourre,
Et que tombe pel fol per non poude pas
  courre.

Satyre habillé en Bergere.

Peis que l'habillament d'vn paftre montai-
  gnart,
Non à res proufitat à mon deffein paillart,
Yeou voli de nouuel habilhat en paftreffe
Per attuda mon fioc vfa d'autre fineffe,
Et fon proufiti res habilhat comme fioy
Yeou non faray res pus al mal que tant me
  coy,
Clerice que fafes inlaïns dins la iaffe
Que non alarguas leau, car defia l'houre
  paffe.   *Clerice.*

Incare lou Soulel non femble pas trop naut.

Satyre.

Mais non fçaues pas vous qu'ares ambe lou
  caut,
Lous paftres pus experts alargou de bon-
  houre.

Clerice.

Digas me fe vous play , fes vous vne pa-
ftoare.

Satyre.

Ello m'a connoufcut dins lou premié cop del.

Clerice.

Defcouurés-vous lou cap qu'yeou vege vo-
ftré pel.

Elle s'enfuit ayant cogneu le Satyre.

Satyre.

O fatal defefpoir, deui yeou dins mas venes
Endura fans proufit l'hourrou de tant de
   penes ,
Aymaray yeou toufiour aquelle que m'hais,
Seguiray yeou toufiour fo que mays me fou-
   gis ,
Caidra-ti que mon cos per vne paftourelle
Souffrifque lou tourmen d'vne pene mour-
   telle ,
Pourray yeou fupourta qu'vne fimple beautat
Abufe mous defleins an tant de cruautat ,
Courriray-yeou toufiour per rocs & per bar-
   tafles ,
D'amour tout embrandat per perdre en fin
   mous pafles ,
Non, non yeou nou fçaurio , la nature des
   Dieous ,
Non pot pas fans guerdon fouffry tant de
   pafficous.

Il faut faire le cocu dans la Scene.

Yeou aufifi canta deffus aquefte ramatge,
Vn auffel vagabond ques de mauuais pre-
    fatge ;
Veni fa tu fios pres yeou te voly fa mut
Per tal qu'on cantes pus la canfou del coucut:
Aquefte auffel reffemble as barralets des pa-
    ftres :
Vejan fe fios auffel, volo-t'en vers lous aftres,
Mous els fe fou trompats ayfos vn porte-vi
De cauque paftourel ques paffat per ayfi,
Yeou m'en vau l'efcoula dins ma gorge glou-
    tonne,
Huroufe mille cops la licou de l'Autonne,
Aquefte vi val mays que lou diuin nectar :
Grand Dieou, changeas en vi las aygues de
    la mar.
O miracle nouuel, dont ven que lou bofc
    rodé,
Comme vn mouli ventoux quand à lou ven
    commodé,
Dont me ven que lous pes que fouftenou
    mon cos,
Non fioou pas tant fegus aro comme tantos.

    Eftant tombé, Coridon & le Pilhart fortent.
                Pilhart.
Vela donc per lou fol entieremens yurogno,
Aquel Dieou pe de bouc que fa tant lourde
    trongne,

El es arc queftieou couffi nous gouuernan,
Vous fçauez qu'vn embraie fe remet quand
&: qu.in.   *Coridon.*

El ly cal eftaca fas cambes trop laugeyres
Per tal qu'on torne pus , perfegui las bergeyres.

Pilhart.

Fafen donc vitamens , trouuen cauques
courdels ,
Et lou garroutaron comme lous criminels.

Coridon.

Non menen pas de bruch per tal qu'on nous
aufifque.

Pilhart.

l'auan comenfa res agachen que dourmifque.

Coridon.

Non n'y a pas ae dangé, vous dirias ques vn
tronc.

Pilhart.

De lou veyre tant laid , yeou trambly comm'vn iounc.

Coridon.

Epitaphen vn pauc fa mort plene de vide,
Are ques alongat dedins fa tombe humide,

Epitaphe.

La tombe i'ay dins aquefte cos
Pus leau que lou cos dins la tombe,
Paffan arrefte te fe vos ,
Veyras couffi lou vi nous tombe.

Pilhart.

Leandre fouguet fumergeat
En s'en anan vers fa meftreffe,
Et lou Satyre fes negat
En courren aprés fa paftreffe.

Coridon.

L'vn es mort per non vicoure pus,
L'autre mouris per vieoure incaro,
Bacchus non vol perdre degus
Comme Neptune lou barbaro.

Pilhart.

Berges que paffas per ayfi
Alentour d'aquefte boufcarge,
Bzagas touxes an de vi
Lou cos del Satyre fauuatge.

Coridon.

Layffen lou repaufa, vay t'en tu cependan
Où dire à la Bergeyre & vendra cantacan :
Toutos las deïtats fauouriffou la flame
Que lou pichot amour entreten dins mon
   ame,
Amour tout lou premié m'a rendut ben-
   hurous,
En blaffan dins lou cor Clerice mas amous,
La pax fillhe del cel, la mignonne des paftres,
En terminan la guerre a fenit mous defaftres,
Bacchus lou dieou des vis defplafent de mous
   mals,
A domptat lou Satyre vn de mous coarribals,

Pan noŝre protectou me proɯet que Clerice ,

Me dicou touŝour ayma ſaus diſcord ny
malice ,

Enfin touxez lous nieous fauouriſou l'amour,

Que ſa dedins mon cor ſon paiſible ſejour,

Et volou que mon-heur ſurpaſſe la fortune

Del pus hurous bergé que marche iouſt la
Lune.

Pilbart ſort, & montre le Satyre.
à la Bergere.

Vezes-lou, vezes-lou.

Clerice

-------- Ay ay ay me ſéguis.

Pilhart.

Aquo diſes de poou, vezes pas que dourmis.

Coridon.

Clerice contemplas d'vn el tout ple ioye

Lou viſatge cournut de noſtre lourde proye.

Clerice.

Yeou ay may de plaſé de lou veyre pel ſol,

Liat & garrouṫ que non auio de dol,

Quand me vennio prega que fouſſi ſa me-
ſtreſſe.

Coridon.

Giten donques ſus el toute noſtre triſſeſſe,

Et ſans nous ſouneni de ſo que ſes paſſiat,

Fazen vn tour de dance en miech d'aqueſte
prat.

Pilhart.

L'autre iour dins vn bal aufigueri debatre,
Que per milho i danía cal eitre toufiour
  quatre,
Vela perque Bergé yeou m'en vau tont
  coutten
Fayre veni la Pax , & touxes danfaren.

Coridon.

Hurous qui pot de prés contempla lou vi-
  farge :
Que fa parla mous els , & tayza mon len-
  gatge :
Hurous qui pot ietta fon amourous regard
Deffus lou naturei d'vn vifarge fans fard :
Et pus hurous cent cops vn miferable paftre,
Que pot bayfa quand vol vn vifarge d'albaf-
  tre :
Bergeyre permetés que fus aqueft perpaus
Yeou baife doucemens voftre boque en re-
  paus.

Clerice.

Entre mille fauous aiffo fera la mendre.

Coridon.

O bon-heur incroyable, ò fauou la pus
  tendre,
Que la fimplicitat d'vn paure maioural,
Pofco iamays trouua fur vn double coural,

Pilhart.

Vezes ayfi la pax toute defeftacade

Que vol fa quatre fauts en micch d'aqueſte
  pra ſe.

Coridon.

Belle fille del cel, ſupréme deïtat,
Que nous aues remes en noſtre libertat,
Demouras inſabal, non vous vires l'eſquine,
Peys que tout lou pays ſay vous fa bonne
  mine,
Que s'aqueſte ſejour non vous es pat tant
  bel,
Comme lou grand palays de la voute del cel,
Per lou mens vous veſes qne l'on ſay vous
  adore,
Lou mi hou que lon pot durant voſtre
  demore.

Pilhart.

Deſpeis que vous ſay ſes yeou, non ay qu'vn
  regret,
Qu'ycou non deſiri pas de vous tene ſecret,
Sçapias que lous Souldats que nous faſioou
  la peſte,
Quand vous eres amon ſur la cape celeſte,
Mememens cauques vns, que quand eren al
  leit,
Nous venguerou raffla lou troupel vne neit,
Van are per Beziés ſans creigne lous ſuplicis,
Dont on deuio puni de ſi grands maleficis,
Car qual non védrio fol de veyre lous larrons,
Sans ſe poudé vengea de tãt & tant d'affrons.

Paix.

Quand le conseil des Dieux m'enuoye sur
  la terre
Pour chasser les horreurs d'vne sanglante
  guerre :
Ce n'est pas, ce n'est pas pour laisser dans
  vos cœurs,
Quelque mauuais dessein de vos vieilles
  rancœurs :
Viuez paisiblement auecque vos musettes,
Gardant par les taillis vos troupes camu-
  settes,
N'allez point recherchant dans vos trou-
  bles passez,
Le sujet importun de quelque vieux procez,
En vain seroit passé le Roy voftre bon
  Prince,
Pour vous laisser la paix dedans voftre
  Prouince.

Pilhart.

Se vous voulian aufi farias aro vn sermou
Aquo fio prou parlat digan cauque canfou.

Chantent & dansent.

CHANSON.

Dansen aro per la prado
Al sou d'aqueste air nouuel,
Peys que la pax desirado
Es descendude del cel,
Sorten, sorten des Villatges,
Car desia lous flageoulets,
Fan retenty lous bouscatges
Autromen que lous mousquets,

Non erengan pus lous gendarmes
Que nous fasiou tant paty,
Aro peys que las alarmes
Et lous combats an pres fi,
Que si la guerre importune
Nous a troublats cauque tems,
Aro de bonne fortune.
Ta pax say nous ran contens.

Bergeyre qu'you ay causide
Per so l object de mon el,
Yeou vous troui pus poulide
Que las estellos del cel,
Cupidon plé de merueilles
Voultige tousiour sur vous,

Tout ainſi que las aueilles
ſur la beautat de las flous.

Lou Soulel que ſa la ronde
Non a pas viſt de ſon el,
Deſſus la terre feconde
Vn pus hourous paſtourel,
Tout ainſi que la lumiere
Non a iamais rencontrat
Vn viſatge de Bergeyre
Que monſtre may de beautat.

De garda dins noſtro terre
Noſtre grace et beſtial,
Pouruen qu'on agen la guerre
Aquos vn paté royal,
tant de paſquins ſatiriques
Eſcampillats en cent pars,
Non le randou pas ruſtiques
Per nous douna de biouquars.

Si lous Amans dins las viles
Ouffriſſou per Caritats
A lours meſtreſſes gentiles
De preſens touxes ſucrats,
Yeou contenty m'a Cleriſe
En la bayſant doulloment,
Peys que ſa bouque proupice
Non vol pas d'autres preſens.

On non vey pas las Bergeyres
Afletades fus tauliez,
Quand on va par las carrieyres
De la vile de de Befics,
Aquo fou las Domaifelles
Qu'efperou lous maffapans,
Car per noftres Paftourelles
Demorou toufiour aux champs.

Aymas me belle paftreffe
Comme yeou vous aymi vous,
Et fans vfa de rudeffe
Careffen nous touxes dous,
Intren dins aqueft boufcatge,
Cueilliren lou fruch d'amour,
Fillettes prenez couratge
Tant ne farez cauque iour.

Pilhart.

Accauat es de tout noftre bralle de quatre,
Meffieurs s'auen mal fach efcufas fe vous
play,
Vous veyres fe s'en vicous vn autres mes
de May,
Quiquon de pus poulit fus aquefte theatre.

Vers recitez par Langousti, Maistre
Fleuteur de Beziers.

ARo per fa la fi de tout
Yeou voli dire cauque mout,
Sapias que toutos las chambrieyres
Qu'yeou fau dâfa per las carrieyres,
Me venguerou courre al dauan
Quand yeou venio de Montauban,
Et me ferou·mays de coulades
Que mon piffre non fa d'aubades,
L'vne me difio, de bonne mine,
Gougeat de done Langoustine,
Prenez vn pauc lou flageolet,
Et danfaren lou manuguet,
Lou manuguet que bute, bute,
Comme lou darré d'vne pute,
Quauqu'autre difio tout rifen,
Certes aro bé danfaren,

Car Langousti ven de la guerre:
Que say vol fa lou mal de terre,
Ala donc sans autre faysou
Chacune me sech vn poutou,
Et me menerou à grande file
Aysi tout drech dedins la vile,
Despeys yeou say las fau dansa,
Qu'és vn plasé, d'où veyre fa,
Vela la fi de ma sçience
Tal es couguioul que non sou
    pense.

F I N.

www.ingramcontent.com/pod-product-compliance
Lightning Source LLC
Chambersburg PA
CBHW051130260626
47170CB00005B/1746